Polar

Blanco 4

INQUALIFIABLE CANNABIS

Stupéfiant point de non-retour !

Pascal Drampe

Du même auteur, chez BoD :

Témoignage,

« *L'incroyable destin de Blanco* », juillet 2021, réédition de
« *Flic, un métier qui tue...* », avril 2019.

Polars,

Blanco 1 : « *Insoupçonnable vengeance* », mai 2020.
Blanco 2 : « *Insoutenable héritage* », août 2020.
Blanco 3 : « *Inconsolables petits anges* », juin 2021.

Remerciements à

mon ami, Philippe Azoulay,
auteur-réalisateur-producteur,

et

ma fidèle compagne, Betty Perpignan.

Haïku

Plante aux vertus,
Usage irraisonné,
Destinée mortelle.

Prologue

Les deux pick-ups noirs aux vitres teintées stoppèrent brutalement leur progression à une dizaine de mètres du précipice. Un épais nuage de poussière camoufla la végétation verdoyante, ainsi qu'une partie du subtil mélange régional de cèdres et de chênes verts, du massif montagneux marocain du Rif.

Les trois occupants du premier *Toyota* mirent pied-à-terre pour se positionner face au vide, les quatre, du second 4x4, se postèrent devant eux, dos au ravin. L'un d'eux fut violemment jeté au sol, avant qu'on lui redresse le buste et lui plaque brutalement le fessier sur les talons. Les hommes de main du parrain s'écartèrent protocolairement de la cible.

Le taulier dégaina ses deux armes de poing, en plaça une, fermement, dans les mains du gars qui se trouvait à ses côtés et lui braqua l'autre sur la tempe, si fortement, qu'il lui fit osciller singulièrement l'angle d'inclinaison de la tête. Dans un silence de cathédrale, le défiant d'un regard perçant, à faire pâlir un mort, il l'avisa si sèchement que la faune et la flore n'esquissèrent plus le moindre signe de vie.

---Tire, si t'es pas une taupe ! Sinon c'est lui qui te bute !

Armé malgré lui, l'homme ruisselait de sueur, la gorge sèche et le regard voilé par le reflet d'un rayon de soleil sur le pistolet automatique braqué sur lui, à bout touchant. Le nuage de particules fines, à peine retombé, il fut contraint de pointer le canon de son *gun* sur le front du condamné agenouillé. Lequel, les poignets attachés dans le dos, plissa les yeux, jusqu'à les fermer complètement, redoutant l'instant fatidique, tout en caressant l'espoir qu'il ne s'agissait peut-être que d'un test. Illusion qui s'évapora rapidement, lorsque ses tympans vibrèrent sous l'ultimatum vociféré par le commanditaire.

---Qu'est-ce t'attends ? Flingue ce traitre ou tu vas t'en prendre une dans la tronche !

Le « parrain » accompagna ses ordres d'une claque à l'arrière du crâne du braqueur qui, derrière ses *Ray-Ban Aviator*, observa l'environnement totalement vierge de présence humaine, excepté les sept mercenaires dont lui et la cible faisaient partie. Le mélange détonnant de l'odeur âcre du chanvre, cultivé à perte de vue sur les coteaux avoisinants, et celle du goût de sang dans sa bouche, lui procura une sensation irréelle. Pourtant, la réalité le rattrapa aussitôt, sachant ne disposer d'aucune échappatoire ; soit il tirait, soit il mourait. Au centre du cercle constitué par les cinq narcotrafiquants armés, il fit glisser son index, du long du pontet jusqu'à la queue de détente de l'arme de poing. Il avala sa salive, inspira profondément, plissa les paupières et fit feu sur l'objectif. La détonation le fit sursauter et rouvrir grand les yeux.

Sa victime gisait au sol, tuée sur le coup, un trou au milieu du front, l'arrière de la tête explosé par l'ogive de calibre 9mm parabellum, qui avait projeté de la cervelle sur le bas des membres inférieurs des trois hommes tournant le dos au ravin.

Le boss, totalement exsangue de compassion, reprit l'arme encore fumante des mains du tireur et lui tapa sur l'épaule. Le visage impassible, il l'avisa avec une once de respect.

---Je savais que tu étais des nôtres. Ce salopard a eu ce qu'il méritait. Enterrez-le et remettons-nous en route ! Dépêchez-vous de faire le ménage, on a encore du taf !

L'auteur du tir, n'ayant eu d'autre choix que de commettre l'irréparable pour ne pas être abattu en lieu et place de l'exécuté, masqua au mieux son émotion. Malgré les jambes vacillantes, il partit s'asseoir sur la banquette arrière du pick-up, d'où il put observer les hommes de main de l'impitoyable commanditaire, creuser la tombe du pauvre défunt.

Il eut l'impression d'errer en plein cauchemar, espérant, un instant, se réveiller. Pourtant, il dut se rendre à l'évidence qu'il venait de tuer pour la première fois.

Et cette question qui lui taraudait déjà le cerveau. Qui était l'homme qu'il venait d'abattre ? Il souhaita, alors, pour soulager quelque peu sa conscience, qu'il s'agisse d'un aussi horrible tortionnaire que l'instigateur.

1- Un virage stupéfiant.

Quelques semaines auparavant...

Le dimanche, 1er avril 2018, le commandant Blanco, en fonction à la Sûreté départementale à Lille, recevait la visite d'un policier parisien de haut rang. Ce rendez-vous officieux était fixé au restaurant *Le Barbier qui fume*, à proximité de la gare Lille-Europe. La barbe naissante, les traits tirés par une dernière enquête de grosse envergue dans le milieu du trafic international auto, les cheveux bruns frisés mouillés, porteur de son vieux perfecto aussi expérimenté que lui, le flic quinquagénaire avait accepté cette rencontre avec ce directeur qui l'avait remis en selle, plus d'une décennie auparavant, sur la Côte d'Azur, à Nice.

Les retrouvailles chaleureuses et leur accolade précédèrent un échange de regard empreint de respect. Installé en terrasse, Blanco avisait d'entrée son ex-dirlo.

---À toi d'ouvrir le bal. Tu es à l'initiative, n'est-ce pas ?

---Sacré Blanco, toujours aussi direct. Bon, j'y vais.

Le directeur lui dressant un portrait élogieux, le commandant l'interrompait aussitôt.

---Trêve de bavardage, Dirlo, viens-en au fait.

---Ok, Blanco. Il y a du grabuge dans les hautes sphères. Plusieurs affaires d'entrisme ont échoué récemment dans des tentatives de démantèlement de réseaux internationaux de stupéfiants. On a pensé à toi...

Blanco lui coupait la parole, *illico presto*.

---Stop, Fred. Tu sais que, via cette matière et mes méthodes, j'exposerai inévitablement les flancs. Tu n'ignores pas que j'ai déjà dérangé du beau monde et que certains flics, magistrats, notables et élus, n'ont pas hésité à monter des affaires pour me charcler, ici et là. J'avais, d'ailleurs, décliné la proposition de prendre le commandement d'un groupe de trafic stups pour cette raison. Tu veux m'envoyer au casse-pipe ou quoi ?

---Blanco, tu auras toute la chaîne administrative et judiciaire de ton côté. Des agents infiltrés sont en danger. Tu es le seul, que je connaisse, capable de remettre de l'ordre dans ce merdier sans nom. Le Ministre de l'Intérieur m'en a tenu langue la semaine dernière et m'a donné son feu vert pour t'en parler personnellement.

---Je suppose que les instructions ne sont que verbales. Ma hiérarchie est au courant de cette approche ?

---Personne. C'est une mission ultraconfidentielle pour des raisons que je ne maîtrise pas totalement. Je ne te demande pas de réponse hâtive. Prends le temps de la réflexion. Si tu es partant, ta stratégie sera la nôtre, l'efficacité de tes méthodes n'est plus à démontrer.

Sitôt l'entretien clos, le directeur reprenait le TGV pour Paris. Blanco rentrait chez lui, l'esprit encombré par cette proposition inattendue. Son ex-directeur ne l'aurait pas sollicité sans un énorme enjeu. Concernant les infiltrés exposés, le risque encouru n'était pas nouveau. Sans doute fallait-il découvrir ce qui se tramait sous ces trafics de came. C'est surtout ce volet qui interpellait ce fin limier. En somme, si le dirlo caressait l'espoir de l'avoir sensibilisé, le commandant restait circonspect quant aux réels vœux des « recruteurs ».

Le flic, bien calé dans son fauteuil en cuir vieilli, une pinte de *Leffe* à la main, avait les neurones actifs. Pour quelle raison accepterait-il de s'aventurer dans ce nouveau deal, lui qui avait déjà une carrière bien remplie et, de surcroît, dans une matière qu'il avait toujours évité de traiter ? Certes, il possédait une parfaite connaissance des stups, d'autant que, par ce biais, il avait pour usage de faire rémunérer, officiellement, certains de ses informateurs, via la direction des services douaniers. Pour autant, il devrait faire preuve d'une totale remise en question pour mener à bien son éventuelle mission. Il disposait de suffisamment de temps pour prendre sa décision, sachant que, pour l'heure, un rendez-vous galant lui tendait les bras.

Ce veuf endurci adoucissait ses entre-deux âpres enquêtes par quelques doux moments d'évasion. Cette fois, il invitait à dîner, pour la première fois, une brillante avocate en droit pénal, avec laquelle, récemment, le ministère public avait dû batailler ferme pour emporter un procès dans lequel elle défendit, vaillamment, un caïd du trafic international auto, affaire diligentée par l'un des groupes d'investigation du commandant. Ayant assisté au jugement, dissimulé au fond de la salle d'audience, Blanco avait été séduit par le charisme et l'éloquence dont avait fait preuve ce conseil. Étant entendu qu'il n'avait pas été insensible au charme naturel de cette jolie femme brune, d'à peine quarante ans. Après l'énoncé du verdict, la moue de la défaite la rendant encore plus craquante, il lui avait emboîté le pas, à la sortie du Palais de justice.

---Chère Maître, je suis le Commandant Blanco…

---Je sais qui vous êtes. Mon client était condamné à l'avance, il n'y avait aucune brèche dans votre procédure.

---Certes, mais vous avez brillamment réussi à réduire sa peine d'emprisonnement. C'est du beau boulot, bravo !

Durant le petit café pris au bar du coin, une alchimie s'était produite. Si le commandant lui vouait un profond respect pour le professionnalisme affiché à l'audience, il dissimulait habilement son attirance physique. *A contrario* de l'avocate qui, malgré la méfiance, masquait difficilement le ressenti de son système sensoriel, véhiculé par ses molécules chimiques incontrôlables. Ce qui n'avait pas échappé au vieux briscard. Pourtant adversaires dans la chaîne judiciaire, leur attirement réciproque enjambait la raison. Ils promettaient de se revoir, une fois le délai d'appel expiré.

La soirée tomba à point nommé pour que Blanco bénéficie, ainsi, d'un délai supplémentaire de réflexion, corrélativement à la sollicitation de son ex-directeur. Après une douche revigorante, il enfila son jean *Levis*, sa chemise blanche de rigueur et une veste de costume noire, en lieu et place de son éternel perfecto. Un dernier contrôle dans le miroir et le quinquagénaire quitta son loft du Vieux-Lille, pour se rendre, à deux pas, au restaurant marocain, *Le Soleil d'Agadir*, qu'il aimait fréquenter.

---Bonsoir, Commandant, nous vous installons à votre table habituelle. Votre invitée n'est pas encore arrivée.

---Bonsoir, Nourredine, merci. C'est toujours un réel plaisir de venir *s'évader* chez vous. (Sourire).

---Vous ne perdez jamais votre humour. (Rire).

---Heureusement, je deviendrais fou avec ce métier.

Blanco s'installa dos au mur, pour bénéficier du plus large champ visuel possible. Un réflexe d'autoprotection transmis par ses anciens collègues, qui n'étaient déjà plus de ce monde. S'il manifestait une certaine sérénité, aux antipodes de son premier rendez-vous galant du siècle dernier, néanmoins, on put distinguer un zeste d'émotion sur son visage, lorsque l'avocate fit une entrée aussi magistrale qu'éblouissante. Elle arborait une magnifique robe rouge rubis, épousant à merveille un corps parfait, ses talons aiguilles donnant davantage de hauteur et de tenue à son mètre soixante-dix-huit. Sa queue de cheval de plaidoirie avait laissé place à une magnifique chevelure brune, souple et lâchée, et que dire de la justesse de son maquillage. Le temps suspendu, tous les yeux, masculins comme féminins, furent rivés sur elle, lorsqu'elle s'avança d'un pas sûr vers Blanco. Plutôt rustre dans le boulot, il savait faire preuve de galanterie à l'égard de la gent féminine, se levant prestement et lui tirant la chaise, ce qui surprit son invitée.

---Je ne vous connaissais pas sous cet angle, Commandant.

---Sachez qu'il y a un temps pour tout, chère Maître.

---Je dois reconnaître que vous utilisez très bien le vôtre.

---La vie peut être si courte, mieux vaut en profiter.

Le ton était donné, les deux acolytes entrèrent immédiatement dans la partie, chacun, curieux de l'anecdote professionnelle de l'autre. Ils revinrent rapidement sur la dernière affaire jugée. Finalement, l'avocate n'avait pas fait appel, au risque que le tribunal soit moins clément, avançant, *de facto*, cette soirée. Tous deux enivrés par la musique orientale et le vin marocain, régalés par le couscous royal, l'ambiance passa de la légèreté à la sensualité. Le petit jeu de séduction réciproque fut plus appuyé, facilité par la totale liberté d'action des acteurs.

La ravissante avocate, native de Lille, résidait dans le Vieux-Lille, à deux rues de chez Blanco. Priorisant sa carrière, Caméa travaillait depuis dix ans dans un cabinet réputé des Hauts-de-France, où elle avait dû battre le fer pour s'imposer. À l'instar du dernier procès, elle défendait les plus grands caïds de la région, son charisme et ses plaidoiries assommaient les audiences, au point que d'aucuns la comparaient à *Acquitator*, son mentor.

À la surprise du commandant, habituellement entreprenant, elle prit l'initiative de l'inviter à prendre un dernier verre, chez elle. Tels deux jouvenceaux, ils arpentèrent, quelques minutes, le Vieux-Lille, où seules les notes de leurs talons brisèrent le silence de ces ruelles en attente du réveil printanier. Caméa poussa la porte cochère d'une discrète et charmante cour intérieure. Précédant Blanco, elle s'engagea dans les escaliers étroits menant à son loft, au quatrième et dernier étage d'un immeuble ancien. Le commandant lui emboîta le pas, malgré son principe de ne jamais monter les marches derrière une dame. Contraint et forcé d'apprécier le charme qui se dessinait sous la fine taille de son éclaireuse de circonstance, son rythme cardiaque augmenta *crescendo,* au fur et à mesure de l'escalade. L'avocate l'observait, à la dérobée, dans les virages serrés, accentuant davantage un déhanché ensorcelant. Blanco découvrit, avec étonnement, un appartement similaire au sien, comme s'il était chez lui. D'ailleurs, il fit comme à la maison, posant sa veste sur un fauteuil au cuir vieilli, s'installant confortablement dans le sofa, devant une immense cheminée en pierre du Nord. Caméa s'arma d'une bouteille de *Veuve-Clicquot,* d'un sabre à champagne et s'installa près de lui, le sourire croustillant.

Blanco, le buste droit, en position légèrement avancée pour l'opération d'ouverture, l'avocate se glissa félinement dans son dos, lui effleurant la nuque d'un souffle chaud, conjugué à un doux massage des trapèzes. Blanco résista à une réaction épidermique incontrôlée, pour réussir le sabrage. Malgré l'effort de concentration, le breuvage pétillant déborda de la flûte que Blanco tendit à Caméa. Après une brève gorgée rafraichissante, elle reprit la main, l'enfourcha pour l'embrasser avec une subtile dose de champagne, lui déboutonna le haut de la chemise, pour lui en verser sur le haut de la poitrine, qu'elle lécha voluptueusement. Les hostilités s'accélérèrent, chacun dévêtant l'autre fougueusement, lançant les vêtements à l'aveuglette. Tous deux en tenue d'Adam et Ève, Caméa s'empala d'un seul coup sur le glaive fièrement dressé de son cavalier, pour le chevaucher sauvagement, la crinière et sa généreuse poitrine épousant le rythme de ses à-coups. Blanco ne lui laissa les commandes qu'une poignée de minutes, avant de reprendre les rênes. Sans perdre le contact, il se leva et la plaqua dos au mur, lui tenant fermement le dessous des jambes sur ses avant-bras, continuant ainsi, les muscles bandés, l'étreinte endiablée. Le bras de fer se poursuivit, chacun, le caractère bien trempé, désirant prendre l'ascendant sur l'autre. Caméa, adepte de la position d'Andromaque, inversa une nouvelle fois la tendance, à califourchon, tournant le dos à son partenaire, alliant, à une pénétration profonde lui stimulant davantage le point G, son désir de dominer. Blanco, l'épine dorsale au contact du parquet en chêne, put ainsi admirer les jolies fesses bombées de sa cavalière. Au bord de la rupture, il fut soulagé d'atteindre l'Everest, en même temps qu'elle.

Elle disparut subrepticement sous la douche, Blanco se rendit dans la cuisine pour boire un verre d'eau, ouvrit le réfrigérateur et constata, certes, des produits alimentaires très sains, mais, à sa grande stupéfaction, la présence d'un bocal contenant une carotte entourée de trois têtes de cannabis. Il referma le frigo, car Caméa apparut, déjà, dans un joli peignoir en soie rouge. Blanco ramassa ses vêtements éparpillés aux quatre coins de l'immense pièce et resta, un long moment, le visage figé sous les filets d'eau chaude. La présence de cette drogue ne reflétait en rien la personnalité de l'avocate, qui semblait mener une vie salubre. Circonspect, il revint s'assoir aux côtés de Caméa, qui servit un second verre de champagne. Elle trinqua énergiquement, l'air canaille. Après une légère rasade, l'œil souriant, elle s'adressa à lui de telle sorte qu'il ne put savoir s'il s'agissait du débrief de leurs ébats sexuels ou du verdict du procès. Elle se joua astucieusement de cette ambiguïté.

---Tu veux toujours avoir le dernier mot, Blanco.

---Je te le concède, mais ce n'est pas si facile avec toi.

---Pourtant, c'est bien toi qui as remporté la partie.

---N'avons-nous pas rendu les armes en même temps ?

---Mais, dis-moi, de quoi parles-tu, Blanco ?

À en voir son air amusé, le commandant comprit que l'avocate s'enjôlait subtilement de la situation ambivalente et s'employa à se ressaisir instantanément.

---De la même chose que toi, Caméa. Si ton client a été jugé coupable, il n'empêche que tu as considérablement réduit sa peine d'emprisonnement. Tu sais, comme moi, que derrière ce réseau de voitures haut de gamme se cache un gros trafic de stups parfaitement structuré.

---C'est toi qui le dis, mon cher Commandant.

---C'est toi qui le penses très fort, chère Maître.

---Alors si c'est le cas, pourquoi tu ne t'y es pas penché ?

Blanco lui servit la même version qu'au directeur parisien. S'il utilisait la matière pour rémunérer ses tontons, via les douanes, il s'interdisait de la traiter. Trop dangereux pour un flic comme lui, qui avait tendance à déranger du beau monde. Et surtout, trop facile pour ses détracteurs de le mettre en délicatesse, voire hors circuit. L'avocate, déjà bien informée quant au mode de fonctionnement du commandant, saisit l'opportunité.

---Dommage, nous aurions pu faire équipe ensemble.

---Je ne comprends pas, Caméa, faire équipe avec qui ?

---Dans l'éventualité où mon client serait impliqué dans un trafic de drogue, via son réseau de voitures, je dis bien selon cette hypothèse, alors, il aurait pu t'être plus utile en liberté. Nous y aurions tous gagné, n'est-ce pas ?

---Pas forcément, Caméa. Le trafic de drogue est un terrain hostile. C'est la loi de la jungle, une fois qu'on y met les pieds, on n'en sort plus. Bon, de toute façon, c'est une histoire ancienne et minuit va bientôt sonner, la dure réalité va nous rattraper en plein vol. J'ai passé une excellente soirée en votre compagnie, chère Maître.

---Tout le plaisir était pour moi, Commandant. (Sourire)

L'ouverture de Caméa sur les stups avait déjà refermé l'épisode sexuel endiablé, à l'image du légendaire pavé du Nord, une pierre bombée, identique aux formes généreuses de l'avocate, mais aux angles acérés, telle sa proposition déguisée d'alliance litigieuse. Sur le chemin du retour, Blanco traîna les semelles sur ces cubes de granit légendaires des Hauts-de-France, dont les classiques épithètes « *l'enfer du Nord* » ou « *la dure des dures* », employées pour les célèbres courses cyclistes, pouvaient laisser présager des risques encourus pour Blanco, s'il acceptait le deal de Caméa. À l'instar de ces glorieuses épreuves, surtout sous une pluie battante, ce spectacle héroïque représentait toujours un cocktail détonnant de boue, de sueur et de larmes. Au mieux, même par temps sec, la poussière prenait le relais, étouffant les forçats de la route. S'il y avait de quoi proclamer le mythe et la fascination pour les pavés du

Nord, ne fallait-il pas, pour le commandant, présager d'un chemin glissant en matière de trafics de stupéfiants ?

Sur son lit, les yeux rivés au plafond, il débriefa d'une journée riche en rebondissements. D'une part, la proposition surprise de son ex-dirlo, l'invitant à se pencher sur les réseaux internationaux de stups ; d'autre part, une soirée enivrante avec l'avocate, ponctuée d'une allusion inattendue, en corrélation avec celle du directeur ; sans compter la présence de cannabis dans son réfrigérateur. Lui, qui se fiait souvent à son instinct, ainsi qu'aux signaux, était, cette fois, pris entre deux feux. Si l'environnement nauséabond de la lutte contre le trafic de came l'incitait à vite déguerpir ; les ouvertures de ses deux interlocuteurs l'attiraient, malgré lui. Sans réponse tranchée, il espéra que la nuit lui porte conseil. Encore grisé par les ébats voluptueux avec Caméa, il s'abandonna dans un sommeil profond

Une semaine plus tard, n'étant pas homme à tergiverser longtemps, le commandant Blanco arriva à l'École Nationale Supérieure de Police (E.N.S.P.) à Cannes-Écluse (77), où il fut élève, vingt-sept ans plus tôt. Finalement, malgré ses réticences, il avait accepté le challenge, imposant ses conditions. Administrativement, il n'aurait de compte à rendre qu'à son ex-patron ; judiciairement, il traiterait en direct avec un juge d'instruction dédié au trafic de stups. Sa stratégie était non négociable, il allait superviser l'intégralité d'un réseau de trafic international de résine de cannabis entre le Maroc et la France, via les Pays-Bas, du producteur jusqu'à la phase précédent l'achat du produit par le consommateur, cette dernière étape ne lui apportant aucune plus-value. En raison des fuites du système,

Blanco occulta les habitués de l'entrisme, pour infiltrer un agent vierge. Blanco intervenait officiellement ce jour à l'E.N.S.P., en qualité de référent du trafic auto. En définitive, sa mission officieuse consistait à recruter un élève officier pour mener cette opération à haut risque.

Après une brève rencontre protocolaire avec le chef de service de la structure de formation, il eut, sans attirer l'attention, tout loisir de prendre connaissance des dossiers individuels des soixante-dix futurs officiers de police. La présélection fut rapide, puisqu'il recherchait un candidat aux origines marocaines ou, le cas échéant, maghrébines, dont faisait partie la quasi-totalité des membres du réseau à démanteler. Deux sujets retinrent particulièrement son intérêt, en raison de leur ADN et de leur éducation dans des cités défavorisées, une préférence se dégageant pour le banlieusard du neuf trois.

Il s'agissait de Kamel, 24 ans, 1m85 pour 78 kg, titulaire d'un Master en droit public, ceinture noire 1er dan de karaté, d'une fratrie de sept enfants. La maman les avait élevés quasiment seule, le papa s'étant épuisé à la tâche dans les travaux publics, accumulant pléthore d'heures supplémentaires pour nourrir sa famille et leur payer des études. Kam, son surnom de quartier, avait échappé aux pièges de la cité de Bobigny et, depuis son plus jeune âge, vouait une volonté farouche à réaliser une carrière dans la police, *pour rendre la justice*, répétait-il à ses parents. De nationalité marocaine, son père ressentait une immense fierté que son fils intègre cette Institution, une véritable réussite d'intégration pour celui qui avait fait honneur au pays hôte, d'autant que, via le concours externe, Kamel se classait en tête de liste. La sortie d'école étant programmée en août, quelques enseignements spécifiques de fin de scolarité étaient régulièrement abordés. Ainsi, le rajout du module automobile, que le commandant allait dispenser, n'interpella quiconque.

À 10 heures, le spécialiste du trafic de voiture se présenta succinctement aux élèves de la 23ème promotion d'officiers de police qui, pour la petite histoire, avait choisi comme éponyme, *Xavier Jugelé,* en hommage à ce gardien de la paix assassiné le 20 avril 2017 par un membre de l'organisation terroriste *Daech*. Seul, dans l'arène, face à une assemblée attentive, il repéra son objectif, discrètement excentré côté droit, isolé au dernier rang de l'amphithéâtre. Un point positif supplémentaire au dossier papier, mais qui ne devait supplanter l'attitude du potentiel élu. À en voir son positionnement, Kamel paraissait du genre solitaire, justement le profil recherché par Blanco. Il fallait maintenant tester ses réactions dans la difficulté. Quand bien même il sembla absorbé par les propos du commandant, Blanco l'interpella vivement.

---Vous, en haut à droite, ça ne vous intéresse pas ?

Kamel, ne se sentant pas visé, ne répondit pas.

---Et en plus, il n'entend rien ! Je m'adresse bien à vous, qui êtes tout là-haut, à l'extrême droite !

Comprenant que le commandant s'adressait à lui, il se leva dans un silence pesant, toute l'assistance le fixant du regard. Encore un bon point, Blanco s'aperçut, ainsi, qu'il s'agissait d'un élève discret, mais respecté, bon nombre d'officiers ayant ravalé leur salive. Sans perdre son sang-froid, l'interpellé répondit.

---Avec tout le respect que je vous dois, Commandant, j'étais tout à fait attentif, d'autant que cette matière m'intéresse au plus haut point. Mais ne me sentant pas visé par votre remarque, je ne vous ai pas…

Blanco lui coupa la parole. Encore une qualité, le sujet avait parfaitement répondu, sans s'emporter, malgré la remarque pour le moins injuste. Il l'interrogea avec suffisamment d'arrogance, afin de l'exposer davantage.

---Alors, vous qui n'avez jamais quitté vos bancs d'école, en quoi le sujet de l'auto peut-il autant vous intéresser ?

Masquant parfaitement son sentiment, nonobstant un bouillonnement intérieur, Kamel fit abstraction du manque de respect caractérisé de son interlocuteur. Reniflant la provocation, il répondit professionnellement, au grand ravissement de Blanco qui pensa tenir sa recrue.

---Parce qu'il me semble, Commandant, que la voiture gravite autour de l'ensemble des trafics, qu'il s'agisse des stups, du proxénétisme, du grand banditisme et …

Décidément, il visait encore dans le mille. Blanco continua à le titiller, voulant savoir jusqu'à quel point il pouvait subir ce lynchage public ; normalement, rien de pire pour faire sortir de ses gonds le commun des mortels. Il continua à le pousser dans ses derniers retranchements, devant le regard médusé des élèves officiers.

---Je ne connais pas encore votre nom, Monsieur, car vous n'avez pas eu l'obligeance de vous présenter. Mais laissez-moi vous dire une chose fondamentale, dans l'exercice de ce métier ingrat, le « *il me semble* » n'a pas sa place. On est en mesure d'apporter la preuve ou pas, on sait ou on ne sait pas, sinon on s'abstient de tout avis.

Kamel, dont le rythme cardiaque augmentait exponentiellement, se présenta réglementairement, avant de répondre sur un ton plus ferme, cette fois.

---J'entends vos remarques, Commandant. C'est d'ailleurs pour cette raison que j'étais attentif à votre propos. J'aimerais pouvoir m'entretenir avec vous, à l'issue de votre intervention, pour approfondir le sujet.

Il marquait encore des points, un véritable sans-faute. Avant de perde son calme, il avait eu l'intelligence de jeu d'éviter de régler, en public, ce flagrant problème relationnel. Blanco acquiesça d'un signe de la tête et, à la pause méridienne, le convia à sa table.

---Ça va, p'tit ?

---J'ai connu des jours meilleurs, Commandant.

---Je me doute. Bravo pour tout à l'heure. À ta place et à ton âge, j'aurais volé dans les plumes de l'intervenant. Désolé, p'tit, il s'agissait juste d'un test. (Sourire).

---Un test ? Mais je ne vous suis pas, Commandant ?

---J'ai besoin d'un gars de ton profil pour une mission.

Kamel hallucina, lui, venant de nulle part, recruté par un flic de la trempe de Blanco. Il resta silencieux un long moment, observant à 360° pour vérifier qu'il ne s'agissait pas d'un bizutage. Mais rien en apparence, d'autant que le commandant avait pris soin de s'isoler.

---Pourquoi moi, Commandant ? Et pour quelle mission ?

---Je ne répondrai qu'à ta seconde question, mais uniquement ce soir. Tu me rejoindras sur le parking, à 19 heures pétantes, pour une petite sortie extrascolaire.

Lors du cours dispensé l'après-midi, Blanco n'adressa plus aucun regard en direction de Kamel, qui avait l'air très préoccupé par la proposition du commandant. D'autant qu'il ne répondrait pas à sa première question. Pourquoi lui ? Il piaffait d'impatience. L'heure du rendez-vous arriva enfin. Blanco ouvrit le bal.

---19 heures, ce n'est pas 19 heures 03, p'tit.

---Désolé, Commandant, j'avais…

---Parfois, la ponctualité peut te sauver la vie ou celle d'un tiers, même pour une poignée de secondes. Tu tâcheras de t'y conformer, surtout si on bosse ensemble.

Le ton étant donné, Blanco passa immédiatement aux choses sérieuses. Il lui expliqua précisément ce qu'il attendait de lui. Le futur flic ne put prononcer un mot. À plusieurs reprises, il se pinça sous la table pour vérifier qu'il ne rêvait pas. Le deal était hallucinant et haletant, mais il recouvra assez rapidement ses esprits.

---Vous me pensez apte à effectuer la mission ? Ce n'est pas risqué d'engager un débutant dans ce type de réseau ?

---Tu remets en doute mes capacités de recruteur ? Si tu crains le risque, je te conseille de changer de métier.

---Excusez-moi, je veux bien essayer, Commandant.

---Je crois que tu n'as pas tout compris, p'tit. Ne me fais pas regretter mon choix. Pour ce type de mission, il n'y a pas la place au doute. Si tu poses le ballon au point de pénalty, c'est pour marquer, rien d'autre. Tu comprends ? On ne joue pas, là. C'est ta vie ou celle d'un autre qui peut en dépendre.

---Désolé. C'est nouveau, pour moi, Commandant.

---Je sais, p'tit. Mais tu vas passer quinze jours avec moi, 24h/24h. Tu seras différent à l'issue du stage intensif.

---Je suis impatient de terminer ma scolarité pour démarrer l'aventure avec vous, Commandant.

---Ton école se termine ce soir, p'tit. Il y a urgence. Tu vois les deux flics, dehors ? Ils vont t'arrêter, dès que nous sortirons du resto. Ils trouveront ça dans ta poche.

Deux policiers des stups du commissariat de Montereau faisaient le pied de grue sur le parking du restaurant *L'entre Noues.* Les deux minutes d'explications suffirent à persuader Kamel d'accepter le deal. Bien que bousculé par tant d'imprévus, il fit confiance au commandant et se laissa arrêter en possession des dix barrettes de shit, déposées dans la poche de sa veste par Blanco. Lui, qui avait évité durant sa jeunesse tous les pièges de la cité, se retrouva d'un seul coup en garde à vue, pour détention et vente de produits stupéfiants.

Après l'humiliante fouille à corps de rigueur en pareille circonstance, il sursauta, dès qu'il entendit la porte de la geôle se refermer brutalement derrière lui. Il grimaça, lorsque le bruit de ferraille des serrures lui agressa les tympans. Il s'assit sur le banc froid en béton et se tint la tête dans les mains. Blanco lui avait retourné le cerveau et embarqué dans un tourbillon qu'il n'avait pu contrôler, mais il se rassura, persuadé que le commandant n'était pas homme à piéger un innocent. Il se frappa le visage pour sortir de cette torpeur, exécuta des séries de pompes, avant de s'allonger sur sa couche bétonnée.

À 8 heures tapantes, sur la place d'armes, le directeur de l'E.N.S.P. s'adressa solennellement aux élèves de la 23ème promotion d'officiers de police : « *Mesdames, Messieurs, j'ai le regret de vous informer que l'un de vos ex-camarades, fait actuellement l'objet d'une mesure de garde à vue au commissariat de Montereau, pour le motif de détention et vente de produits stupéfiants. Cet individu a trahi ma confiance, la vôtre et celle de notre Institution. S'ensuit une révocation à effet immédiat. Je vous rappelle que votre devoir est d'honorer, en toute circonstance, l'uniforme que vous portez. Avis aux amateurs ! Rompez les rangs !* ».

Les commentaires allèrent bon train dans les coursives. Forcément la tendance ne pencha pas en faveur de Kamel : « *il a bien caché son jeu* », « *trop propre pour être vrai* », « *il se mettait souvent à l'écart, je ne suis qu'à moitié étonnée* », etc. Une seule élève, Betty, une jolie Guadeloupéenne d'origine Haïtienne, resta plus mesurée : « *votre jugement est trop hâtif, on nous apprend pourtant, ici, à ne pas juger les gens, mais à œuvrer uniquement pour la manifestation de la vérité. On ne sait absolument rien de cette affaire. Faites preuve de plus de sagesse, sinon vous allez vous casser les dents par la suite* ». Elle savait de quoi elle parlait, puisqu'elle était issue du concours interne, ayant officié quatre ans en qualité d'adjoint de sécurité à Pointe-à-Pitre, en Guadeloupe, puis six années au grade de gardien de la paix à Saint-Laurent-du-Maroni et à Cayenne, en Guyane.

À 9 heures, Kamel s'entretenait avec l'avocate sollicitée par Blanco. Caméa avait, exceptionnellement, accepté de faire le déplacement des Hauts-de-France.

---Ne vous inquiétez pas. Vous allez être remis en liberté très rapidement, j'ai relevé un vice de forme dans la procédure. Votre interpellation est entachée de l'absence d'indice apparent, ce qui rend nulle la procédure dont vous faites l'objet. En revanche, je ne pourrai rien faire pour éviter votre renvoi de l'école de police.

Comme évoqué par le conseil, la garde à vue de Kamel fut levée à 11 heures. Blanco ne prit à peine le temps de remercier Caméa, qui s'attendait à des explications de son valeureux cavalier. Mais il resta distant, sans doute encore chamboulé par la découverte des têtes de cannabis dans le frigo de Caméa. Ce seul élément aurait suffi à ce qu'il s'interdise toute autre rencontre avec elle, mais il savait que son professionnalisme sauverait les miches de sa recrue.

---Tu me devras quelques précisions, Blanco. On se voit dans le Nord, dès que tu seras dispo. J'attends ton appel.

Ils convinrent d'un rendez-vous à Lille, avant que Blanco dépose discrètement sa recrue à proximité de l'école de police, pour l'humiliante restitution du paquetage. L'heure méridienne n'était pas idéale pour éviter les regards accusateurs des élèves officiers. Encore une fois, Betty fut l'une des seules à faire preuve de plus de réserve. Kamel coupa court aux commentaires du directeur : « *faites votre boulot, je n'ai rien à vous dire* », puis rejoignit Blanco pour prendre la direction de la capitale.

---Tu peux m'appeler Blanco, p'tit, maintenant que nous sommes dans le même train.

---Mais sûrement pas dans le même compartiment. Tu pilotes la locomotive, tandis que j'occupe le wagon à bestiaux. J'espère que le jeu en vaudra la chandelle, Blanco. Tu m'as mis dans une situation que je ne souhaite à personne. J'ai comme l'impression d'être pris au piège.

---Là, c'était un jeu d'enfant. Maintenant, tu vas devoir annoncer à ton père que tu as été viré de la police et…

Kamel sortit de ses gonds et invectiva Blanco.

---T'es un grand malade, j'ai subi suffisamment d'humiliations depuis hier soir ! Mon père va me tuer !

---Il faut passer par là, p'tit. Pour ta gouverne, l'un des deux flics d'hier est un ami de ma promotion de gardien de la paix à Reims en 85, il n'était pas dans la confidence. Même l'avocate n'est pas au courant du subterfuge. Il doit en être de même pour tes parents. Je te déposerai au bas de ta cité, tu auras une heure pour informer ton père de ton renvoi. Ensuite, nous avons rendez-vous avec la seule personne dans le secret, un directeur de Paname, avec qui on plantera le décor.

---Une heure chez mon père ? Mais tu ne le connais pas. Je serai redescendu dans la seconde où je lui annoncerai.

---Bon, c'est encore mieux, p'tit. On gagnera du temps.

---Mais tu es fait en quoi, Blanco. T'as pas de cœur ?

---Du calme, p'tit. Tu n'es qu'au tout début de tes émotions. Tu auras l'occasion de me remercier, plus tard.

Comme prévu, Kamel n'eut pas le temps de terminer son explication que son père le flanqua dehors, devant sa mère en pleurs. Tous deux se sentirent trahis au plus profond de leur âme. Comment leur fils avait-il pu déraper, malgré tous leurs efforts ? Ils auraient voulu mourir à cet instant. Quelle cruelle désillusion, le ciel leur tombait sur la tête. Kamel ne pouvait les mettre dans la confidence pour les protéger, au cas où les choses tourneraient au vinaigre. Blanco l'avait prévenu qu'en cas de soupçon, les *narcos* pourraient remonter jusqu'à eux. Kamel n'eut, pour unique satisfaction, d'apprendre qu'ils partiraient quelque temps au Maroc pour reprendre leurs esprits. C'était le prix à payer pour se mettre au service de la Nation, ce que ses parents lui avaient toujours enseigné. Il se réconforta à l'idée qu'il serait très bientôt leur héros.

Le directeur les accueillit en fond de salle, au bar *Le Mino*, dans le 20ème arrondissement. Il se présenta succinctement à Kamel, qui en fit de même. Le commandant Blanco résuma la situation provoquée à Montereau, pour éviter, au pire, en cas de fuite, que les futurs équipiers de la recrue pensent véritablement qu'il a été viré de l'école de police pour trafic de stups.

---Beau recrutement, Blanco. Toujours personne au jus ?

---Non, Fred. Le flic des stups savait uniquement qu'il devait interpeller Kamel pour le shit, rien d'autre. Mon amie avocate non plus, je savais qu'elle relèverait rapidement le vice de procédure, c'est une pointure.

---Parfait, je ne rendrai compte de l'évolution de cette affaire d'entrisme qu'au Ministre de l'Intérieur. Pour ta gouverne, ta hiérarchie lilloise pense que tu travailles sur un ersatz de *Beauvau de la sécurité*. Faudra juste que tu leur en remettes une petite couche pour entériner le coup. Pour ce qui est du judiciaire, tu traiteras directement avec le Juge dédié aux stups, dès que tu seras prêt à injecter ta recrue dans le réseau. Et toi, Kamel, comment te sens-tu ?

---Comment vous dire, Monsieur le Directeur ? Je vais comme quelqu'un qui navigue entre rêves et cauchemars, avec un goût aigre-doux dans la gorge. Certes, je suis flatté d'avoir été recruté pour une mission de ce niveau, mais j'en ai déjà largement pris pour mon grade.

---Je comprends, Kamel. Tu n'as pas encore conscience de ta chance de travailler avec un flic comme Blanco. Pour le reste, ne soit pas inquiet, l'Institution saura être à la hauteur de ton engagement, j'y veillerai personnellement.

Le dîner, parsemé d'anecdotes professionnelles, nourrit abondamment Kamel, quand bien même il n'apparut jamais rassasié des riches expériences des deux vieux briscards. Vers 23 heures, Blanco et Kamel prirent la route à destination de Lille. La formation particulière allait se dérouler 24h/24h, pendant deux semaines intensives, chez le commandant.

2- Infiltration à haut risque.

Dès potron-minet, les deux néo-colocataires se mirent en jambe avec un petit footing de dix kilomètres, entrecoupé de randoris pieds-poings, histoire de vérifier les aptitudes du 1er dan de karaté, Kamel. Blanco, 2ème dan du même art martial, obtint toutes les certitudes, rassuré par les attitudes de combattant de son petit protégé, qui savait bouger, esquiver, enchaîner et ne craignait pas le contact, même si les échanges étaient plutôt mesurés.

Trois éléments fondamentaux revêtaient une importance capitale aux yeux du commandant pour permettre à Kamel de réussir une telle mission. La condition physique, il la possédait, le p'tit avait avalé les dix bornes et les assauts de son recruteur, sans aucune difficulté. Le mental aussi, grâce à sa jeunesse passée dans l'une des cités les plus dures de Seine-Saint-Denis, où il avait échappé à tous les dangers inhérents à cet environnement pour le moins hostile. Il s'était opposé, physiquement, à bon nombre de ses détracteurs souhaitant l'utiliser pour combattre d'autres gangs de quartiers voisins. Refusant toujours d'entrer dans la partie obscure, qu'il estimait sans retour, il était tout de même parvenu à se faire respecter, même des grands. « Van », l'une des seules « marraines » du système, qui l'observait souvent, lui avait fait cette déclaration : « *je n'sais pas c'que tu prépares, mais c'est pas dit, qu'un jour, tu sois l'big boss. T'es plus malin qu'tout l'monde* ». Fort d'une éducation sans faille, il avait évité le piège de l'argent facile. Restait à l'imprégner de la troisième notion essentielle qu'il ne pouvait posséder, l'expérience. Si ce n'était pas une mince affaire, surtout en seulement deux semaines, Blanco en détenait les clés, grâce à sa riche carrière, et Kamel était doté d'une faculté d'assimilation hors du commun, une véritable éponge qui comprenait tout et posait des questions pertinentes.

Durant ce stage intensif, aucune seconde ne fut exsangue de l'apprentissage du métier de flic. Chaque argument était coloré d'une affaire vécue par le commandant. Ils se couchaient tard, vers 2 ou 3 heures du matin, et se levaient tôt, à 6 heures, pour se dégourdir les jambes, lors du footing quotidien d'une heure, toujours agrémenté de petits randoris souples. Après quelques jours, observant une nette baisse de régime chez son stagiaire, Blanco le chambra un peu.

---Tes coups sont moins appuyés, ce matin, p'tit. C'est de la guimauve. Tu es déjà cuit, en à peine une semaine ?

---Ouais, j'ai un petit coup de pompe, pourtant je m'alimente bien. C'est sans doute le manque de sommeil qui se fait sentir. T'inquiète, Blanco, ça va vite passer.

---Non, ne crois pas ça. Tu ne t'es pas posé la question me concernant ? Comment je fais pour rester en forme ?

---J'avoue que si, Blanco. Pourtant je ne t'ai pas vu prendre quoi que ce soit ces derniers jours.

---Si, juste une dose de sophro, juste avant que mon corps et mon esprit en éprouvent le besoin.

---Une dose de sophro ?

---Tu n'as jamais entendu parler des bienfaits de la sophrologie ? C'est une méthode de relaxation et de récupération sans commune mesure. J'appelle cela les trois-huit, une vingtaine de minutes de sophro toutes les huit heures pour repartir de plus belle. Ainsi, tu peux tenir plusieurs semaines, sans véritable sommeil profond.

Blanco l'enseigna à Kamel, ce qui eut, pour corollaire, d'augmenter sensiblement ses facultés de récupération, de concentration et de maîtrise. L'évaluation des tests fut sans appel, lorsque le commandant fit venir son frérot maubeugeois, Pacman, ex-flic de terrain, moniteur de combat et de tir, lui aussi ceinture noire de karaté, pour proposer au stagiaire des conditions de tirs peu orthodoxes. Kamel tira dans toutes les positions et tous les environnements : de nuit, en mouvement, en situation de stress, en disposition de combat, utilisant tout type d'armes : de poing, longues, lourdes. Le petit veinard percuta plusieurs centaines de cartouches, lorsque l'on sait, qu'en moyenne, le policier lambda envoie quatre-vingt-dix cartouches par an. Mais le tir le plus difficile qu'il eut à exécuter, fut celui où il dut tirer au niveau de l'abdomen de Pacman, porteur de son gilet pare-balle en kevlar. Devant un Kamel plutôt hésitant, Blanco lui rappela les fondamentaux de la sophrologie, ce qui permit au tireur de réaliser le tir parfait, à dix mètres de sa cible humaine. Pacman ne bougea pas d'un pouce, excepté sous l'onde de choc provoquée par l'impact.

Pendant deux interminables journées de vingt heures chacune, entre chaque séance de tirs intensifs, la jeune recrue dut subir les assauts répétés des deux combattants aguerris. Tous trois combattaient, porteurs de plastrons, casques, chaussons et gants. Il s'agissait de repousser Kamel dans ses derniers retranchements.

Malgré la pression, la répétition des coups, il ne perdit jamais son self-control, persuadé de l'utilité des épreuves, sous l'émerveillement de ses deux bourreaux. S'il n'avait à connaître la mission de Kamel, Pacman confirma qu'il était prêt à partir au combat, et surtout, à le gagner. Pour remettre la mécanique en place, Blanco accorda une soirée de relâche à son poulain. Lors du copieux dîner, il ne fut abordé aucun sujet professionnel, la priorité du commandant étant de s'assurer que le mental de Kamel n'était pas entamé par son exclusion fictive de l'école et, surtout, celle de chez ses parents.

---Ouais, c'est relativement compliqué, Blanco, mais le jeu semble en valoir la chandelle. Puis, le retour n'en sera que meilleur. Ça va le faire, je me sens prêt à y aller.

---C'est bien, p'tit, tu as assuré ces dix derniers jours. Je connais peu de gars capables de tenir ce rythme. Récupère bien cette nuit. Tu as droit à ta grasse matinée, réveil à 8 heures. On va continuer le sport tranquillement et discuter davantage de stratégie. Au fait, la religion ?

---Je ne suis pas croyant. Mais je respecte l'engagement de mes parents qui sont musulmans pratiquants.

---Il va sans doute falloir que tu fasses mine de pratiquer. Bosse un peu le coran et les prières, ce sont peut-être les seuls moments où tu auras la possibilité de me contacter, en toute discrétion, lorsque tu seras infiltré dans le réseau.

Blanco sortit prendre un pot avec l'avocate, sensiblement agacée de ne pas avoir eu de news, depuis son déplacement au commissariat de Montereau.

---Ah, voici un revenant. C'est donc de cette manière que tu gères tes relations extra-professionnelles, Blanco ?

---Bonsoir, Caméa. Désolé, je suis très occupé en ce moment. Je planche sur une sorte de *Beauvau de la sécurité*.

---J'ai du mal à croire qu'un flic de ta trempe passe, *fissa*, du terrain au bureau. Et ton jeune gars de Montereau ?

---Je ne sais pas, Caméa, j'ai juste rendu service à un ami.

---Étonnant que tu me fasses déplacer à Montereau pour rien. Je me demande bien ce que tu caches là-dessous.

Blanco parvint habilement à changer de sujet. Ils dégustèrent une seconde *Leffe*, avant de se quitter comme de vieux amis, sa partenaire n'étant pas dans les conditions optimales pour réitérer leur folle soirée. Le commandant sembla embarrassé par les questions intrusives de Caméa. Sans doute devait-il l'éviter, le temps de l'affaire. Il ne trouva pas le sommeil immédiatement, rien d'inhabituel chez lui, lorsqu'il est en élaboration de stratégie. D'autant qu'il ne pouvait se planter, surtout dans cette manœuvre singulière d'entrisme. Blanco l'avait déjà pratiquée, via des informateurs, mais jamais par l'intermédiaire d'un collègue. Pour introduire Kamel dans le circuit, il fallait qu'il fasse tomber une partie du réseau, pour provoquer une « ouverture de poste ». Durant la majeure partie de la nuit, il éplucha le pli confidentiel remis par son ex-dirlo, Fred. Il s'agissait d'un des plus gros réseaux internationaux de résine de cannabis, en provenance du Maroc, dont une partie était destinée au nord de l'hexagone, via les Pays-Bas.

Blanco, s'étant toujours refusé de fumer la moindre clope, en connaissait tout de même un rayon, via divers enseignants de circonstance, comme il se plaisait à dire, notamment par un consommateur lillois qu'il côtoyait de temps à autre, lorsqu'il était en recherche de renseignements. Se disant pur utilisateur, ce sexagénaire lui avait fait part de la disparition progressive de la fameuse *Beldia*, au génotype *Sativa*, provenant de la région isolée du *Rif* marocain. Contrairement aux *Indicas* qui produisent un *stone corporel* et une sensation de relaxation, les *Sativas* procurent souvent un *high cérébral* et des effets stimulants et énergisants. Aussi connue sous le nom de *Kif*, cette plante était travaillée par les paysans qui fabriquaient le vieux haschisch marocain blond/chocolat. Avant 1960, ils la cultivaient uniquement pour ses fleurs raffinées, qu'ils fumaient dans leurs longues pipes en bois. Probablement l'une des *Sativas* à la floraison des plus rapides au monde, cette variété s'était parfaitement adaptée au climat rude et aride de cette région de la province de Chefchaouen. Ce cannabis terroir, qui avait fait la réputation du Maroc auprès des consommateurs, disparaissait irrémédiablement des champs dans le nord du royaume, remplacé, au nom du rendement, par des plants hybrides importés de l'étranger. L'interlocuteur du commandant, un ancien hippie, soucieux du service qualité, avait eu l'occasion et la curiosité de se rendre dans la région montagneuse de Ketama, considérée aujourd'hui comme *La Mecque* du *Kif*. Son témoignage n'avait qu'à moitié surpris le commandant.

---C'est la *Critikal* qui fait un tabac, maintenant, Blanco. Pourtant, elle est plus nocive, se vend moins cher et consomme plus d'eau que la traditionnelle *Beldia*.

---Alors, pourquoi cette nouvelle culture, mon cher ?

---J'ai posé la même question, là-bas, à un jeune *kifficulteur*. Les nouvelles graines importées offrent un rendement trois fois supérieur. Mais il m'a bien précisé qu'il ne fumait que la *Beldia,* qui lui donne de l'imagination, alors que la moderne, la *Critikal,* est de qualité médiocre et génère de l'angoisse.

---Tu sais d'où viennent ces importations de plants ?

---Ça va te faire bondir, Blanco. Elles sont originaires des Pays-Bas et proviennent aussi d'Amérique du Nord, maintenant. La France est à la traîne, comme d'habitude. L'éternel manque de courage politique et/ou d'ambition, probablement. Ça t'étonne, Blanco ? (Rire).

Sans surprise, le pli confidentiel ne comportait aucune information sur le type de produit, se réduisant à la résine de cannabis et à son acheminement sommaire. Selon la documentation, la marchandise transiterait par bateau, d'un port marocain à celui d'Amsterdam. Une partie du shit serait destinée à la consommation locale des Pays-Bas, qui distribueraient le reste en Europe, dont le nord de la France. Le dossier manquait cruellement de précisions. Blanco ne fut pas surpris d'y retrouver une vieille connaissance de la région, qu'il avait fait tomber à plusieurs reprises. En l'occurrence, le distributeur français ciblé, d'origine algérienne, le fameux Yacine, 39 ans, né et demeurant à Roubaix. Son palmarès était plutôt étoffé, outre les trafics de stups, d'armes et de voitures haut de gamme, il était également connu pour enlèvements-séquestrations, actes de torture et de barbarie. Sa réputation n'était plus à faire dans le milieu, où il était craint et respecté. Ayant déjà passé plus de quinze ans derrière les barreaux, il ne se salissait plus les mains, ses lieutenants s'en chargeant efficacement. Des concurrents avaient pourtant essayé de le supprimer, mais sa bonne étoile veillait toujours sur lui.

À 8 heures, foulant les allées du parc de la Citadelle, le commandant en profita pour dresser le tableau, somme toute restreint, du dossier confidentiel. Contrairement à Kamel, comme à son habitude très à l'écoute et serein, Blanco sembla plus préoccupé.

---Ça ne va pas être une partie de plaisir, Kamel. Je connais le distributeur français, Yacine, c'est un sauvage. Je n'en ai pas la preuve, mais il a déjà commandité quelques « barbecues » dans la région. On va devoir passer par lui pour remonter la filière, jusqu'au Maroc. Faut que je tape dans sa fourmilière roubaisienne pour t'ouvrir un poste. Je sais qu'ils font toujours dans la caisse haut de gamme et acheminent des voitures de Hollande au Maroc, via le port espagnol d'Algésiras. C'est sans doute avec cette valeur marchande qu'ils monnaient le shit pour les Hollandais. Ces autos sont réceptionnées par un policier marocain corrompu, à identifier, et destinées au marché du Moyen-Orient. Nul doute, une fois la vente réalisée, qu'une partie de l'argent est versée directement au producteur de cannabis. Cependant ton rôle ne se limitera pas « au voyage », tu devras être force de proposition pour faire monter Yacine en puissance, afin d'établir le lien entre le producteur et le grossiste néerlandais. Mais il y a un hic, car, lorsqu'il s'agit de réseaux très structurés, les organisations criminelles achètent le produit transformé directement auprès de l'agriculteur, assurent aussi le transport et vendent aux réseaux de distribution, évitant ainsi toute relation directe entre la production et les distributeurs. C'est l'étape qui génère les gros profits, lesquels nécessitent les processus de blanchiment, avant d'être réinjectés dans l'économie.

---Si j'ai bien compris, je dois localiser le producteur et remonter la filière jusqu'à Roubaix, via Amsterdam ?

---Sans compter que notre mission prioritaire est de trouver la taupe, qui semble jouer un double jeu. Tu comprends mieux l'enjeu, p'tit ? Vraiment pas simple.

Pour la première fois, Kamel marqua un temps d'arrêt. Il tourna le dos au commandant, fit quelques pas, le visage fermé. Puis, il se ravisa, bomba le torse, expira un grand coup et revint le sourire aux lèvres vers Blanco.

---Ça aurait été idiot de me mettre mon père à dos, pour une affaire sans saveur. Au moins, là, ça vaut le coup.

Blanco, étonné de cette réaction, lui accorda une accolade paternelle. Se l'interdisant généralement, il était gagné par l'émotion, effectuant un transfert sur son fils, Adam, à qui il avait interdit le métier de flic, pour mieux le protéger. Et là, il mettait en danger celui d'un autre.

---T'es un bon p'tit, Kamel. Ton père sera très fier de toi, quand il saura. Promets-moi de suivre mes conseils.

Kamel comprit son inquiétude et, d'une pointe d'humour, tenta de détendre l'atmosphère trop embarrassante pour son mentor.

---Tu me jettes aux loups et tu me dis de faire attention.

L'élève rit un peu plus que le prof. Les deux néo-complices terminèrent les dix bornes dans un silence encombrant et rentrèrent à la base, chez le commandant.

Dans la matinée, Kamel partit à Namur, en Belgique, pour suivre un stage de conduite rapide de deux jours, sur *le circuit de Mettet*. Il allait sans doute être testé par le Roubaisien, Yacine, après que Blanco eut écarté un ou deux de ses pilotes. Un jeu d'enfant pour celui qui connaissait cette matière sur le bout des doigts. Un de ses informateurs privilégiés, spécialisé dans le trafic auto, n'eut aucune difficulté à l'aviser que deux bolides, en provenance de Hollande, étaient entreposés dans un garage du quartier sensible de l'Alma, à Roubaix. Blanco qui, tout autant que Kamel, devait rester à distance, mit un de ses groupes sur le coup. L'objectif était d'interpeller les deux chauffeurs le plus près possible du nid, pour laisser croire à Yacine que son réseau était truffé d'une taupe. Ainsi, en attendant de l'identifier et de la supprimer, il ferait sans doute appel à un « extérieur », pour convoyer d'autres véhicules, des Pays-Bas au Maroc.

Au beau milieu de la nuit, les deux *merguez* sortirent plein pot des planques, prenant la direction de l'autoroute A1. L'un des deux équipages du groupe auto de la Sûreté départementale parvint à serrer le *Porsche Cayenne* au premier carrefour. En revanche, le *Range Rover Sport* échappa à la vigilance du second dispositif d'interception, le bolide forçant le passage, mettant hors d'état de marche les deux voitures de police et blessant sérieusement l'un des intervenants. Ces deux véhicules hollandais avaient été *home-jackés* la semaine précédente dans le quartier bourgeois Jordaan à Amsterdam. Le chef de mission rendit compte à Blanco, le pilote était bien l'un des proches de Yacine. Le commandant ordonna à ses hommes de traiter l'affaire du *Cayenne*, tandis qu'il gérerait le véhicule en fuite. Il ne pourrait aller très loin, les pneus ayant été sérieusement détériorés par les pointes du *stop stick* lancé sur la chaussée par le policier percuté. Sans surprise, le véhicule intercepté était doté d'un brouilleur GPS. Mis à part les papiers de la voiture, il n'y avait, dans l'habitacle, qu'un sac de cinq kilos de graines pour oiseaux de marque hollandaise, *Vogelzaad*.

Le lendemain soir, Kamel était de retour dans le Vieux-Lille. Fort des acquis du stage intensif de conduite rapide, il était apte à piloter tout type de bolide. Il avait, maintenant, pour mission de traîner dans les bars roubaisiens fréquentés par Yacine. Pour l'approcher, il devait se faire repérer par l'un des lieutenants du caïd et planta son dévolu sur le bar PMU, *Le Rio*, dans le quartier sensible de l'Alma, où il pouvait plus facilement se fondre parmi les nombreux parieurs. Il y aperçut l'objectif, sécurisé par trois de ses gars. Le boss portait le visage des mauvais jours, sans doute en raison de l'arrestation de son meilleur « voyageur ». Kamel, pourtant allergique aux jeux de hasard, fut frappé par la chance du débutant. Il gratta un ticket de bingo, reconstituant six lignes pour un gain de deux mille euros. Offrant une tournée générale à la quinzaine de clients, l'un des sbires de Yacine vint à sa table, le fixa quelques secondes, avant de l'aviser.

---T'as la main plutôt heureuse, mec. T'es qui ? T'es pas du quartier, j't'ai jamais vu. Tu fais quoi dans l'secteur ?

---C'est vrai, on s'connait pas. J'sais pas non plus qui tu es. Pourquoi veux-tu qu'j'me présente ? Et, surtout, pourquoi j'te dirais c'que j'fais ? T'es *zarbi*, toi ?

---Ouais, sauf qu'ici t'es chez nous !

---On peut s'parler à l'écart ?

Kamel sortit de l'établissement et s'arrêta dans la ruelle jouxtant le bar. Il soigna ce premier contact, respectant à la lettre les consignes de Blanco : « *ne jamais rater l'entrée en matière* ». Sereinement, il expliqua à son interlocuteur qu'il n'était pas homme à parler au premier venu, précisant uniquement qu'il venait du neuf trois et qu'il devait se mettre au vert, quelque temps.

---J'ai les *condés* d'Paname au cul, frérot. Tu comprends ?

---Qu'est-ce t'as fait, mec ?

---Oh ! Tu poses trop d'questions, frérot !

---Normal, mec, on doit savoir c'que tu fais ici et si tu travailles pas pour les *condés*. Tu comprends ça ?

---Mais j'vais devoir répéter la même chose à tes potos.

---Viens, j'vais t'présenter au boss. T'as l'air cool, mais t'as pas intérêt à déconner, il est sans pitié avec les traitres.

Kamel s'installa à la table de Yacine. Il se présenta au boss, qui l'observa, très longuement, sans prononcer un mot. Son regard noir ne perturba pas Kamel, qui était aguerri à ce genre de défiance, eu égard à ses années de cité, à Bobigny. Ce premier test validé, un rendez-vous était fixé, demain, même heure, même endroit. Pas dupe, le jeune flic se doutait qu'il serait filoché par un autre homme de main de Yacine. Son instinct fut immédiatement confirmé. Il prit une chambre au B&B Hôtel, à quelques encablures du PMU. Il contacta aussitôt Blanco, surpris par la rapidité du contact établi avec l'objectif. Il lui conseilla de ne pas bouger de sa piaule, jusqu'au rancard du lendemain. La partie débutait beaucoup plus rapidement que prévu.

---C'est parti. Il va te quizzer, te tester au volant, voire au combat. Tu laisseras ton portable et tout autre objet de nature à t'identifier, sur les WC. J'enverrai quelqu'un pour te déposer deux-trois trucs sous la cuvette des toilettes. Je connais le modèle de téléphone que Yacine te remettra, tu trouveras le même où je t'ai dit, tu y inséreras sa carte Sim et tu laisseras l'autre, déjà dans l'appareil, pour communiquer avec moi. Tu seras géolocalisé et couvert par un dispositif d'écoute permanente, même si le portable est éteint. Ça va le faire, je sais que tu es prêt.

---Merci pour ta confiance, Blanco. Je saurai en être digne.

Le lendemain, peu avant le rendez-vous de dix-sept heures, fixé au *Rio*, à peine il sortit de l'hôtel que Kamel fut invité autoritairement à monter à l'arrière d'un BMW X6. Aussitôt qu'il s'installa derrière le passager avant, un sac en toile lui recouvrit la tête, puis le conducteur démarra sur les chapeaux de roues. Les trois molosses de Yacine ne prononcèrent le moindre mot. Sous son voile opaque, Kamel respira profondément, mettant en application les conseils de Blanco. La dose de sophrologie, qu'il s'injecta, lui permit de gérer calmement cette situation de stress, sachant que la pression allait monter *crescendo*. Après une dizaine de minutes de conduite rapide, le X6 s'immobilisa. Kamel en descendit, tenu fermement par le bras, et fut emmené, *manu militari*, dans une cave obscure. On l'assit sur l'unique chaise et lui noua les poignets derrière le dossier et les chevilles, sous le siège, à l'aide de serflex, lesquels furent reliés par une cordelette lui tirant bras et jambes vers l'arrière. Une à deux minutes plus tard, il entendit s'ouvrir et se refermer brusquement la porte de cette sorte de cellule. Lorsqu'on lui découvrit la tête, il aperçut Yacine, face à lui, et ses trois gardes du corps ; l'un, devant l'unique accès ; les deux autres, aux trois quarts en retrait. Le caïd l'interpella d'une voix grave et menaçante.

---Alors, tu bosses pour les *condés,* p'tit enculé ?

Encore sous l'effet de la sophro, Kamel resta calme et répondit sournoisement, afin de surprendre Yacine.

---J'travaille sans doute pour qu'ils fassent carrière, mais certainement pas avec ces bâtards de keufs.

---Tu t'fous d'ma gueule ? Tu sais c'qui arrive à ceux qui veulent se payer ma tête ? Tu aimes le goût du fumé ?

Kamel comprit qu'il ne fallait pas jouer trop longtemps avec le boss, la perte de son meilleur pilote et du *Porsche Cayenne* l'ayant particulièrement agacé.

---Vous n'êtes pas en train d'vous faire des idées, les gars ? J'suis en cavale. J'avais un rendez-vous au *Rio,* avec un gars qui devait m'héberger, et j'suis tombé sur vous.

---Alors, si c'est bien le cas, dis-nous qui est ce type ?

---Qu'est-ce j'en sais ? On parle pas trop dans mon milieu, y a des oreilles partout. J'ai même cru que c'était l'un d'vous quatre. N'ayant reçu aucun signal, j'ai passé la nuit à l'hôtel. J'pensais qu'tu allais m'parler aujourd'hui.

---Bizarre ton affaire. T'arrives de nulle part, chez moi, au moment où j'me fais serrer une caisse et mon meilleur voyageur par les *condés* du groupe auto. Sûr que j'ai été balancé, car les poulets ont tapé dès la sortie du nid.

---Désolé, Yacine, mais j'n'y suis pour rien là-d'dans.

---D'où tu connais mon nom, mec ?

---C'est ton gars qui m'l'a dit, hier, sur le trottoir du bar.

Heureusement pour Kamel, le sbire, pourtant dubitatif intérieurement, acquiesça ses propos d'un coup de tête. Le flic, qui s'en sortait bien pour une première erreur qui aurait pu lui être fatale, surenchérit crânement pour estomper habilement les doutes de Yacine.

---En attendant, si t'as besoin d'un chauffeur, j'suis dispo, du moment que j'passe pas dans Paname.

---Il avait quoi sur lui, les gars ? Un portable ?

---Il n'avait rien, boss, même pas un téléphone.

---Pourquoi t'as pas de phone, comme tout l'monde ?

---J'suis pas comme tout l'monde, moi. C'est pour ça, qu'à vingt-quatre piges, j'suis jamais rentré au zonzon.

Rassuré, Yacine le fit détacher et demanda à ses trois gars de sortir. Il prit le temps de la réflexion, en tournant lentement autour de la chaise, sans lâcher Kamel du regard. Il respira un grand coup, avant de l'aviser.

---Ton profil m'intéresse. T'as fait quoi dans l'milieu ?

---J'peux pas t'dire c'que j'ai fait, tu comprends ? J'sais piloter les grosses caisses et j'm'y connais pas mal en came, plutôt dans le *Kif*, si tu vois c'que j'veux dire.

---Normal, pour un Marocain. Mes vieux sont d'Algérie. Suis-moi, on va voir comment tu bouges le X6.

Cette proposition eut valeur d'embauche, Kamel réussissait cette nouvelle épreuve avec brio. La suivante fut tout aussi remarquablement réalisée. Son stage de conduite rapide lui apporta toute la dextérité pour manier ce petit bolide à la perfection. *A contrario* de ses trois gars sur la banquette arrière, Yacine géra la situation sereinement, il salua la conduite explosive et maîtrisée.

---C'est ok. On passe chez moi, suis mes indications, jamais de GPS sur l'ordi de bord, compris ? J'ai pas envie de faciliter la tâche des *condés*, s'ils saisissent ma caisse.

Ils se rendirent au quartier de l'Alma, au seizième et dernier étage de la plus haute tour, au cœur de la cité, après que le check-point d'entrée dans la zone et celui du hall de l'immeuble, tous deux au service de Yacine, leur ouvrent le passage. Le caïd s'était réservé un penthouse de deux cents mètres carrés, équipé dernier cri, avec porte blindée. Il briffa Kamel qui l'interrompit aussitôt.

---Excuse-moi, Yacine. J'peux t'parler seul à seul ?

Yacine s'isola avec lui dans une sorte d'arrière-salle, type tripot clandé, où devaient se jouer, la nuit, de coûteuses et nerveuses parties de poker.

---Quel est ton problème, Kamel ? Tu n'dois plus jamais m'interrompre devant mes gars. T'as compris ?

---Je sais, mais la trahison ne provient que des proches et tu m'as dit qu'tu venais d'te faire lever tout près d'ta crèche. Alors, je préfère être prudent et n'avoir affaire qu'à toi. C'est comme ça qu'j'm'en suis toujours sorti les couilles propres. Si j'suis en cavale, aujourd'hui, c'est parce que ma propre famille m'a balancé aux *condés*. Au moins, il n'y a plus personne pour me trahir, maintenant.

---Ok, c'est bon, mais fais gaffe qu'il n'y ait pas de prochaine fois. Prends c'portable vierge. Que ce soit clair, tu n'appelles que moi. Tu pars cette nuit pour le Maroc.

Le plan fonctionnait plus rapidement qu'espéré, même si les choses allaient un tantinet trop vite, puisqu'il était convenu que Kamel repasse à l'hôtel pour échanger les téléphones. Pas le temps de respirer, ni de voir une dernière fois le commandant, ne serait-ce pour un dernier réglage. La partie s'engageait véritablement, impossible de rebrousser chemin. De toute façon, ce n'était pas l'intention de ce compétiteur de Kamel, trop content de gravir chaque palier avec succès. Yacine l'emmena dans un entrepôt d'une zone industrielle à Tourcoing, où le fuyard avait réussi à planquer le *Range Rover Sport*.

---Tu partiras, seul, vers deux heures. En général, c'est l'moment où les hiboux des commissariats becquettent.

---Parfait pour moi, Yacine. Tu peux m'ramener à l'hôtel ? J'vais piquer un p'tit roupillon et récupérer mon sac pour faire la route d'une seule traite, jusqu'à Algésiras.

---Non, tu restes chez moi, jusqu'au départ. Allez, on bouge. Je t'ramènerai moi-même, ici, cette nuit.

Le plan du changement de téléphone sous la cuvette des WC tomba définitivement à l'eau. Pas de panique, comme Blanco lui avait enseigné, Kamel retenait l'un de ses adages favoris : « *s'adapter ou périr* ». De surcroît, il lui paraissait inutile de prendre le moindre risque pour une première mission à l'essai, même s'il devinait que le commandant se ferait un sang d'encre. Comme prévu, Yacine le déposa à l'entrepôt, en milieu de nuit. Les dernières consignes passées, Kamel prit le départ à bord du V8, pour parcourir les deux mille deux cents kilomètres jusqu'à Algésiras. Outre de ne pas se faire lever, l'objectif était d'arriver au port vers midi. Soit, de rouler à une moyenne de presque 200 km/h, ce qui fut chose aisée pour Kamel, aux commandes d'un tel engin, ne s'arrêtant que pour remplir le réservoir gourmand. Il respecta les consignes à la lettre, se stationnant dans le couloir droit, face au bateau *Balearia*, posant le sac de graines pour oiseaux de marque *Vogelzaad* sur le tableau de bord, jusqu'au moment où un policier espagnol lui ordonna de garer le *Range Rover* dans la cale. L'enveloppe remise, la manœuvre fut exsangue de tout contrôle, le palpitant du jeune premier baissa d'un cran et la traversée d'une heure trente lui permit de récupérer. Au port de Tanger-Med, à la vue du sac de graines, un policier marocain monta à l'avant droit et ordonna à Kamel de se stationner dans un hangar, à une centaine de mètres de la zone de débarquement. Puis, il emmena Kamel, jusqu'au

Balearia, pour son retour en Espagne. Comme ordonné, il prit le train à Algésiras, pour un périple de presque trente heures, au cours duquel il eut tout le temps de faire retomber la pression et d'apprécier, à sa juste valeur, son efficace première immersion. En gare de Lille, Yacine lui envoya le X6, pour le ramener à la cité de l'Alma.

---Beau boulot, Kamel. Tiens, c'est pour toi.

---Merci, mais c'est un peu léger pour le risque encouru.

---Cinq cents, c'est suffisant pour un début. J'aurais pu t'cramer pour ton impertinence. Sache que, normalement, j'ne recrute que dans mon entourage, jamais d'extérieur.

---J'bosse aussi comme ça, même si j'préfère driver en solo. Moins risqué, surtout d'nos jours où la confiance n'est plus de règle. J'peux t'poser une question, Yacine ?

---Vas-y toujours.

---C'est quoi exactement ce signal avec le sac de graines ?

---J'en sais rien, on m'a dit d'procéder ainsi. Ça sert de droit d'passage. C'est comme çà depuis quelque temps.

---T'es payé comment pour la livraison de la *merguez* ?

---Tu poses trop d'questions, Kamel. J'reçois du shit lorsqu'on récupère les caisses aux Pays-Bas. Là, je leur en dois une, à cause du *Cayenne* levé. J'vais augmenter un peu l'prix d'la barrette et réduire le coût du voyage pour récupérer la mise. Bon, disparais quelques jours et sois à l'écoute. Dis-moi, au fait, y avait rien dans ta piaule ?

Surpris par la question, Kamel parvint tout de même à cacher sa gêne, devinant le degré de méfiance dans le regard intrusif du caïd. Comme appris par le commandant Blanco : « *lorsque tu ne connais pas la réponse ou qu'elle te dérange, réponds par une question* ». Il appliqua la consigne à la lettre.

---Merde. T'as vérifié à l'accueil, Yacine ?

---J'sais pas, j'ai envoyé un d'mes gars, Kamel.

---Ouais. Bon, pas grave, j'ai un peu de cash, ça ira.

Kamel lui sourit, exhibant son billet violet, ce qui eut pour effet immédiat de détendre les traits de visage du caïd. Une fois encore, l'infiltré s'en sortit brillamment. S'assurant qu'il n'était pas filoché, il prit le bus pour se rendre chez Blanco, qui devait piaffer d'impatience. Le commandant l'accueillit sans manifester d'émotion particulière, une pudeur qui échappa au jeune premier.

---Alors, p'tit, tu fais déjà cavalier seul ? (Sourire).

---Merci de ne pas t'inquiéter, Blanco. (Rictus).

---Ouais, t'as raison. Mais je n'étais pas trop soucieux, ça devait être plutôt *light* pour la première. Tu vas bien ?

---Ça va, Blanco. Mais je n'ai pas pu retourner à l'hôtel pour récupérer le matos sous la cuvette des toilettes.

---T'inquiètes pas pour ça, tes affaires sont ici.

Kamel lui narra, dans les moindres détails, sa première mission de convoyage pour Yacine. Il précisa la particularité du signal au moyen du fameux sac de graines pour oiseaux, ce qui fit sourire le commandant.

---Il y avait le même, de marque *Vogelzaad,* dans le *Cayenne.* J'ai découvert pas mal de choses là-dessus.

En effet, déjà intrigué par la présence de ces graines, Blanco avait fait quelques recherches relativement à cette enseigne basée en zone franche de la banlieue d'Amsterdam. Il ne fut d'ailleurs pas surpris qu'il s'agisse d'une société *offshore,* dont le compte bancaire était situé aux îles vierges britanniques, dans les Caraïbes. L'identification du directeur, un employé de l'établissement bancaire, servant de prête-nom, comme il est de coutume, n'amenait aucun élément susceptible d'intéresser l'enquête. C'était plutôt directement à partir de la localisation de l'entrepôt, que le commandant avait décidé d'engager son angle d'attaque. D'autant que son intuition était confirmée par les propos relatés par Kamel, faisant part également de la présence du même sac de marque *Vogelzaad,* dans le *Range Rover Sport.*

Il restait au commandant Blanco et à son nouvel acolyte de définir la stratégie d'approche du site, pour percer le mystère *Vogelzaad.*

3- Climat de confiance.

Deux solutions : placer un dispositif de vidéosurveillance aux abords de l'entrepôt *Vogelzaad*, à Amsterdam ; ou attendre que Yacine sollicite Kamel pour un second voyage, espérant, pour le coup, qu'il l'envoie sur le site hollandais. Option privilégiée, qui permettrait de baliser le nouvel engin et de tracer l'itinéraire, surtout à partir de Tanger-Med. Le sort commanderait. S'il n'y avait pas de sollicitation du caïd dans les trois ou quatre prochains jours, alors, la première stratégie serait mise à exécution. Blanco profita de l'attente pour poursuivre la formation de sa jeune recrue. En deux semaines, Kamel n'était déjà plus le même homme, le pif du commandant ne lui avait pas fait défaut, le bleu étant bien plus à la hauteur de ses espérances, qu'escompté. On prenait les mêmes et on recommençait, petit réveil musculaire à 6 heures, avec l'habituel footing de dix bornes, entrecoupé d'échanges pieds-poings, lors desquels Kamel prenait de plus en plus d'assurance ; petit-déj énergisant, puis formations et mises en situation en tout genre.

L'appel de Yacine ne se fit pas attendre. Deux jours plus tard, Kamel était convié à le rejoindre chez lui.

---Prêt à prendre la route ? Tu vas récupérer un *Touareg* à Amsterdam, pour l'ramener à Tourcoing. Faudra pas t'louper, car y'aura pas mal de chocolat dans l'chariot. L'« ouvreuse » sera celle qui t'véhiculera là-haut.

---Tu peux compter sur moi, Yacine. J'pars quand ?

---Tout d'suite. Attention, la pilote est chasse gardée.

Kamel comprit le message, l'« éclaireuse » était une ravissante beurette, la trentaine, qui maniait la *BMW* série 1 avec beaucoup de dextérité, affichant une réelle sérénité, du fait de son statut de petite amie officielle de Yacine. Elle l'avisa aussitôt de manière intrusive.

---Ben t'es pas bavard, toi ? Yacine m'a dit qu't'étais sa dernière recrue. Tu viens d'où, t'as pas l'accent d'ici ?

---Moins on en dit, mieux on s'porte. Le boss sait d'où j'viens et qui j'suis. Si tu veux en savoir plus, vois avec lui.

---C'est quoi ton problème, mec ? Ça t'fait chier de t'faire conduire par une meuf ou quoi ?

---Rien à voir. J'suis juste là pour faire l'boulot, basta.

---Vraiment pas drôle comme mec. Tu t'prends pour qui, *le Parigot* ? Dire que j'vais m'taper quatre heures de route avec toi. Bon, laisse tomber, autant que j't'explique le taf.

Leïla était missionnée par Yacine pour le faire parler, mais Kamel, pas dupe, resta fermé comme une huître, évitant de s'exposer inutilement. En moins de quatre heures de trajet, Leïla stationna la *BMW* sur le parking jouxtant l'entrepôt *Vogelzaad*, dans la zone industrielle *Westpoort*. Le process était bien huilé, elle mit le fameux sac de graines sur le tableau de bord et attendit l'arrivée du contact. Kamel, lui posant une question sur la société, fut aussitôt rembarré : « *t'as raison, moins on en dit, mieux on s'porte* ». C'était de bonne guerre. Un quart d'heure plus tard, un gars s'approcha de la conductrice.

---Le *Touareg* est prêt. C'est qui lui, j'le connais pas ?

---Tu sais qu'Djamel s'est fait serrer avec le *Cayenne* et que Momo reste à l'abri, il a déglingué un enculé d'*condé,* avec le *Range Rover*. Lui c'est Kamel, le p'tit nouveau, il a déjà déposé une caisse en bas. Yacine est sûr d'lui, Karim.

---Dis pas mon blase comme ça ! T'as quoi dans l'crâne ? J'aurais aimé être prévenu. Tu dis rien, toi ?

---J'suis là pour faire le taf, mec. À quoi bon parler ?

Le ton professionnel de Kamel estompa les doutes du molosse. Ce Marocain de quarante-cinq ans, résident néerlandais, fiché au grand banditisme en France pour braquages de banques et de fourgons blindés, était le patron officieux de *Vogelzaad*, associé à un flic marocain de haut rang, *Le Chérif*, qui ne sortait jamais du Maroc. Karim avait obtenu cet emplacement, via un Hollandais proche d'une autorité gouvernementale des Pays-Bas. Le conséquent loyer mensuel suffisait à fermer les yeux sur la véritable activité de la société de graines pour oiseaux.

Après ce bref, mais légitime round d'observation, Kamel prit aussitôt son envol, derrière la *BMW* série 1 pilotée par la caractérielle Leïla. L'itinéraire retour était différent de celui de l'aller, d'autant que le *Touareg* volé était garni de pains de résine de cannabis, dissimulés dans les portières et sièges, de sorte que Kamel ne put connaître la quantité transportée. L'« ouvreuse », qui précédait Kamel de plusieurs kilomètres, alterna voies rapides et routes de campagne, selon la physionomie. Elle communiquait avec Kamel, via un téléphone de la flotte de Yacine, évitant au *Touareg* de faire l'objet d'un potentiel contrôle d'une patrouille de police belge, peu après la frontière. La mission était remplie avec brio. Tous

53

deux arrivèrent à l'entrepôt tourquennois, à 3 heures du mat. Deux hommes de Yacine, dont l'un était armé d'une *kalachnikov*, attendaient dans l'enceinte pour garder le véhicule et sa marchandise. Leïla et Kamel revinrent chez Yacine, à bord de la série 1. La pilote rendit compte.

---Très pro l'gars, Yacine, rien à dire sur son taf. Aussi froid et discret que *Jason Statham*, dans *Le Transporteur*, sauf qu'il est arabe comme nous. (Rires).

---Ouais, mais il est Marocain, lui. Bon, dépose-le où il veut et reviens vite me voir. Tiens, Kamel, c'est pour toi.

---Qu'est-ce tu veux qu'j'fasse avec cette savonnette ?

---C'est ton salaire. Si tu veux bosser gratos, tu la laisses là ! J'saurai quoi en faire, t'en fais pas pour ça, *Le Parigot*.

Kamel feignit de ne pas apprécier d'être payé via cette plaquette de cent grammes de shit. Mais c'était une véritable aubaine, car elle était signée des initiales K.V. Leïla déposa l'infiltré en périphérie du Vieux-Lille.

---Tu vas où, comme ça, *Le Parigot* ?

---Toujours aussi curieuse, Leïla ? Un rendez-vous galant.

---Fais attention aux femmes. Ça parle beaucoup. (Rire).

---Pas de souci, Leïla. Au fait, t'as été au top sur le convoyage. J'attends l'appel pour l'Maroc. J'me tiens prêt.

Kamel sonna à la porte de son mentor, qui ne dormait pas. Après une brève accolade, la jeune recrue lui rendit compte de l'opération et lui remit le shit.

---Bien joué, p'tit. Tu viens de nous faire gagner, au bas mot, un mois d'enquête, avec un minimum de prise de risque, même si tu es allé au charbon, cette nuit.

---Je pense que les initiales K.V. peuvent correspondre à Karim *Vogelzaad*, le grossiste. Dis-moi, que ce serait-il passé si je m'étais fait serrer avec cette came à l'étranger ?

---Tu rentrerais sans doute deux à trois semaines au zonzon pour assurer ta couverture, puis tu ressortirais via la voie diplomatique. Je mentionne tous nos faits et gestes sur une clé USB cryptée, pour en remettre copie à notre unique contact de Paname, lui-même en lien avec le Ministre de l'Intérieur. Et je bosse en étroite collaboration avec un Juge d'instruction de Paris, dédié aux stups.

---Le mieux est que j'évite l'interpellation, surtout hors hexagone. J'ai de bonnes sensations, ça devrait passer.

Blanco expliqua à Kamel, en constante évolution, en quoi ce pain de shit leur permettait de faire un grand pas dans l'identification et le démantèlement du réseau.

---Lors de la transformation et de la confection, à partir des plants de cannabis cultivés dans les fermes marocaines, les initiales du grossiste sont directement déposées à l'atelier presse et chauffe, sur les sachets de cent grammes constitués uniquement du pollen de la plante, extrait au tamis par un spécialiste du *tape-tape*, à l'identique de la plaquette que t'as remise Yacine. Cette phase intervient après que les têtes de plants soient retirées à la batte et récupérées dans de grands sacs en plastique. Ensuite, chaque pain de cent grammes est enrobé de ruban adhésif, puis assemblé par cinq, pour former un paquet de cinq cents grammes, également recouvert à l'aide du rouleau de scotch marron foncé. Avant de terminer par l'assemblage de cinquante de ces lots, via le même procédé d'isolant, pour former ce qu'on appelle la « *valise marocaine* » de vingt-cinq kilos, recouverte d'une toile de jute cousue à la main, portant également les initiales du grossiste. Le produit, ainsi transformé, sort de chez le producteur pour la modique somme de mille euros le kilo. Tu imagines la marge des narcotrafiquants, lorsque l'on sait que le gramme de shit peut varier de six à dix euros, selon la tendance du marché et des régions. À regarder de plus près, il me semble que la couleur de ce pain soit plus foncée que la *Beldia* traditionnelle, blonde/chocolat. Je vais plutôt le faire analyser par un pote douanier spécialisé en stups, pour ne pas attirer l'attention de mes collègues lillois. Va te reposer, je reviens en fin de matinée avec le résultat.

Le verdict fut sans appel, c'était de la *Critikal*, un plant hybride créé aux Pays-Bas. Y avait-il un lien direct entre la société *Vogelzaad* et cette résine de cannabis ? Rien ne pouvait l'attester à ce stade. Ce qui sembla prioritaire pour faire avancer l'enquête, était de tracer le *Touareg,* que Kamel devrait convoyer au Maroc. Il suffirait à Blanco d'y placer une balise, en début de parcours. Comme espéré, dès le lendemain soir, Yacine missionna Kamel pour le voyage. Une relative complicité s'instaurait entre les deux hommes. La confiance du caïd envers le flic infiltré grandissait de jour en jour, même s'il restait prudent.

---T'étais où, ces deux derniers jours, *Le Parigot* ?

---Chez une meuf que j'viens d'rencontrer à Lille.

---C'est qui cette nana ? Elle zone dans quel coin ?

---T'inquiète, Yacine. C'est une « *Frédérique* ». (Rire).

« *Frédérique* » était une expression de jeunes de cité, pour décrire une personne rangée, un petit boulot, un crédit auto, monsieur ou madame tout le monde, qui part en vacances en caravane une fois l'an. L'air amusé, Yacine en oublia ses questions et revint dans la partie.

---Ok, Kamel. Bon, tu fais la même chose qu'la dernière fois. Faut qu'tu arrives à Algésiras avant midi. Impératif !

Le mois de mai pointait à peine le bout du nez que la stratégie de Blanco battait déjà son plein. Comme convenu, il plaça la balise aimantée sous le passage de la roue arrière droite, à l'aire de Phalempin-Ouest de l'autoroute A1. À l'instar du premier voyage, Kamel arriva à destination en dix heures. Puis, la classique pose du sachet de graines pour oiseaux sur le tableau de bord, en guise de visa, fit le reste jusqu'à Tanger-Med. Alors que Kamel commençait son long périple retour, Blanco eut toute latitude pour suivre le *Touareg* à la trace. Même s'il ne put le positionner en mode *live tracking*, par souci d'économie de batterie, il pointa les positions GPS toutes les vingt minutes. C'était suffisant pour obtenir l'itinéraire emprunté par le véhicule ; à l'arrêt pendant deux heures au port de Tanger-Med, puis, toute la nuit, à une dizaine de kilomètres à l'ouest de cette ville portuaire, vraisemblablement au domicile du flic marocain réceptionnant les *merguez*, jargon utilisé par le milieu, signifiant qu'une voiture est volée. Le lendemain matin, à 6 heures, le *Touareg* progressa à vive allure et fit une halte d'une heure dans la région montagneuse de Ketama, dans le massif du Rif, au nord du Maroc. Puis, traversa l'Algérie, pour faire une halte au port de la Goulette, à Tunis. Le *Touareg* resta immobile, jusqu'à l'aube. Mais, à 10 heures, le commandant perdit toute traçabilité. Sans doute que la batterie était totalement déchargée, malgré l'utilisation du mode éco. C'est, du moins, ce qu'espéra Blanco, auquel cas, elle aurait été décelée et l'affaire pouvait se corser.

Comme lors de la première livraison, Kamel fut récupéré par le X6 et conduit directement chez Yacine.

---Tiens !

---Mille ? Tu m'as filé une prime ou quoi, Yacine ?

---Déguerpissez, les gars ! Vite !

Illico presto, les trois lieutenants s'éclipsèrent. Yacine, le regard noir, pointa son flingue, qu'il portait toujours à la ceinture du pantalon, sur le front de Kamel, qui, surpris, laissa tomber les deux billets au sol.

---T'as rien à m'dire, p'tit enculé ?

Le sang de l'infiltré ne fit qu'un tour, difficile, en pareille circonstance, de s'injecter une dose de sophro pour recouvrer la sérénité. Il fit immédiatement le lien avec le « mouchard » qui avait dû être détecté à Tanger-Med, s'imaginant déjà finir en barbecue, dans un terrain vague de la banlieue lilloise, et ne plus jamais revoir ses parents. Lesquels croiraient qu'il avait irrémédiablement franchi la ligne. Quelle fin atroce, physiquement et spirituellement, lui qui tenait tant à ce qu'ils soient fiers de lui. Plusieurs flashs vinrent lui rappeler des souvenirs d'enfance, qu'il pensait enfouis à jamais, et de son entrée à l'école de police. Lui vint presque l'idée d'annoncer ses grade et qualité pour procéder à l'interpellation du caïd. Mais, fort heureusement, il se ravisa, il aurait été abattu sur le champ. Au contraire, il tenta de le calmer.

---Mais j'comprends pas, Yacine, tu déconnes, j'espère ?

---Qu'est-ce que j't'ai déjà dit, Kamel ?

---Qu'tu punissais les traitres par une mort atroce.

---Eh bien, alors ?

---Je n't'ai pas trahi. J'ai fait le job proprement.

---Ça, je sais, imbécile ! Qu'est-ce t'as cru ?

Kamel se liquéfia autant qu'il se sentit soulagé. Si ça n'était pas la balise, alors à quoi faisait-il référence ? Le canon toujours à bout touchant, il l'avisa plus calmement.

---Qu'est-ce tu peux bien m'reprocher, Yacine ?

---J'attends des excuses. J't'ai déjà dit de n'pas m'parler comme ça devant mes gars ! T'as oublié ?

Paradoxalement, à cet instant, Kamel vécut sûrement l'un des meilleurs moments de sa jeune vie. Le caïd n'allait pas le carboniser, il exigeait juste des excuses pour l'avoir charrié avec cette histoire de prime au mérite.

---Ok, désolé, Yacine. Excuse-moi, j'pensais pas à mal.

---Voilà, je préfère ça, mec. Dernier avertissement.

Le flic infiltré reprit du poil de la bête, d'autant que le caïd avait replacé son calibre dans sa ceinture.

---Écoute, Yacine, j't'ai, moi aussi, dit qu'je n'voulais pas d'témoin entre nous. Et à chaque fois, y a quelqu'un qui entend tout c'qu'on fait. Tu as aussi provoqué l'incident. T'imagines, si j'te faisais la même chose ?

---J'suis l'boss ! Faut qu'tu t'mettes ça dans l'crâne, mec !

---On va pas pouvoir continuer comme ça…

Yacine lui coupa aussitôt la parole, très agacé.

---T'as pas compris qu'c'est moi qui décide quand j'embauche et j'vire. J'ai l'droit d'vie ou d'mort.

---Notre association est l'exception qui confirme la règle, Yacine. J'suis pas un mouton comme les autres. Imagine que tu t'fasses serrer. J'pense pas qu'tes soldats soient capables de faire marcher ta boutique pour toi. Moi, si.

Yacine resta, un long moment, en mode réflexion. Il s'était construit seul dans la cité, sans éducation parentale ni scolaire. Il avait, certes, brillamment franchi les échelons de guetteur, de charbonneur/vendeur, de chef de plan, de coupeur, avant de devenir le véritable baron de la drogue dans les alentours. Mais, peut-être que Kamel avait raison. S'il voulait grossir, le caïd aurait sûrement besoin d'une vision extérieure. Kamel apparaissait plus malin que ses loyaux soldats, limités intellectuellement et sans ambition. Ce qui asseyait d'autant son autorité. Yacine baissa la garde pour la première fois, les traits de visage plus détendus.

---Bon, va t'faire du bien chez ta *Frédérique*. J'te rappelle.

Ils se quittèrent sur ses mots. Kamel surprit le regard de Yacine, empreint d'une marque de respect. Il venait de gagner du terrain, lui qui crut mourir quelques minutes avant. Le flic infiltré décela une autre pointe de caractère chez le caïd, peut-être le besoin de compter sur un ami. C'était une piste à explorer pour mieux rentrer dans le système, mais en prenant garde de ne pas se brûler les ailes. Comme l'en avait déjà averti Blanco, il faut toujours rester professionnel et laisser l'affectif aux vestiaires, car il arrive d'exprimer de la compassion envers un bandit. « *On ne naît pas flic ou voyou* », disait-il.

Kamel arriva chez Blanco vers 21 heures. Le commandant remarqua tout de suite sa mine défaite.

---Dis-moi, tu as pris un sacré coup de vieux, p'tit ?

---Tu ne sais pas si bien dire, Blanco. J'ai réellement imaginé finir en barbecue. Yacine a pété un câble. J'ai cru que c'était à cause de la balise, mais, en fait, ce barjot s'était uniquement senti vexé par l'une de mes blagues.

---Fais gaffe, il n'apprécie pas trop l'humour, ce fêlé.

Kamel rendit compte de son périple, puis Blanco de ses investigations, ce qui refroidit quelque peu le jeune apprenti, lorsque le commandant évoqua la perte du signal de la balise, au port de la Goulette, en Tunisie. L'hypothèse de l'arrêt de la batterie sembla tenir la corde, même si l'éventualité qu'elle fut détectée, trotta dans la tête de Blanco. Le commandant fit livrer des pizzas et ouvrit un *chianti* pour rester dans le thème de l'Italie et détendre Kamel. Il était inutile de prendre le risque de s'afficher à l'extérieur avec le petit nouveau. Ce dernier avertit son mentor que sa relation avec Yacine venait de prendre une nouvelle dimension, tout en dévorant sa pizza et le tiers de celle de Blanco, tant il avait faim, au sens propre comme au figuré. Car, s'il aimait déjà la vie, après l'épisode de l'arme de cet après-midi, chez Yacine, il allait maintenant la croquer à pleines dents. Le commandant lui fit remarquer qu'il était dans le process classique de la mise en confiance et qu'il tenait déjà le bon cap. L'on notait une certaine fierté dans le regard de Blanco, qui, via son protégé, revivait ses débuts. Même s'ils avaient été plus chaotiques, dans la mesure où il n'avait jamais bénéficié d'un « parrain » pour le guider.

Le lendemain matin, ils reprirent leurs activités sportives et formatrices. Trois jours passèrent sans que Yacine ne sollicitât Kamel. Blanco préconisa au p'tit de recontacter le caïd, pour lui proposer de prendre un verre à l'extérieur. Yacine le récupéra près du Palais de justice, l'avisant ironiquement, une fois n'est pas coutume.

---J'vois qu't'es toujours aussi farceur, Kamel.

---J'me doutais que tu apprécierais la p'tite blague du Tribunal. Là, où on n'ira pas, crois-moi. (Rires partagés).

Ils partirent boire un pot, loin du secteur de prédilection du caïd, à l'estaminet, *La Pinte,* d'un petit bled répondant du même nom, jouxtant la ville de Nazareth, à l'est de Courtrai, en Belgique, histoire de prendre du bon temps, tout en restant hors de la vue des curieux. Après avoir dégusté leur bière, ils tracèrent jusqu'à Gand, à environ soixante-dix kilomètres de Lille. Yacine, pourtant de nature sobre, se lâcha littéralement, ce qui ne lui était pas arrivé depuis plus d'une décennie, trop accaparé par les affaires et les responsabilités. Après avoir arpenté le quartier *Glazen Straatje*, célèbre pour ses vitrines ornées de jeunes femmes dénudées, ils mangèrent la fameuse frite belge, accompagnée d'une fricadelle/sauce andalouse. Ils élaborèrent un futur plus ambitieux, sur les propositions de Kamel, Yacine ne fermant pas la porte à l'idée de *driver* directement avec les producteurs marocains. Mais il convenait d'établir la bonne stratégie, afin de ne pas déclencher d'expédition punitive, en poursuivant le marché avec Karim de *Vogelzaad*, pour brouiller les pistes et s'étendre, discrètement, avec l'ouverture d'une voie Maroc/Hauts-de-France, via l'Espagne. Réseau que pourrait mettre en place plus facilement Kamel, d'origine marocaine, sans que l'entourage de Yacine n'en soit informé.

Mais, le moment n'était pas propice au montage, Yacine ayant bu plus que de raison. D'ailleurs, c'est Kamel qui prit le volant du X6 pour le retour à l'Alma. Vu l'heure tardive, Yacine l'invita à dormir chez lui, ce qu'il n'avait jamais proposé à quiconque. Preuve que Kamel avait réussi à conquérir sa confiance. Le flic ne s'endormit pas immédiatement, les neurones très encombrés entre la montée d'adrénaline, due à l'évolution plus que positive de sa mission, et l'ouverture, sans retenue, de son nouvel ami de circonstance. Il était conscient du danger exposé par Blanco, la relation devait rester pro, le seul but étant de mettre le caïd sous les verrous, quoi qu'il advienne.

Le lendemain, à l'heure méridienne, Blanco faisait les cent pas dans sa rue, lorsqu'il fut soulagé de voir l'arrivée de Kamel. Il franchit le porche pour ne pas être vu en sa présence. La discussion commença dans les escaliers, celle-ci n'ayant pas le même charme que lors de la fameuse montée des marches, jusqu'au loft de Caméa. Bien au contraire, Blanco employa un ton assez grave.

---Attention, p'tit. Tu fais un taf extraordinaire, mais ne te crames pas. J'ai l'impression que tu vas trop vite.

---Blanco, tu m'as toi-même enseigné que c'était souvent une affaire de timing. On y est là, crois-moi.

---Ouais, tu as sûrement raison. Mais je n'ai pas pour habitude d'envoyer quelqu'un au casse-pipe à ma place.

Cette fois, c'est Kamel qui tenta de le rassurer.

---Je ne fais rien sans penser à tes précieux conseils. Je suis conscient qu'un lien étroit s'instaure entre Yacine et moi, mais sans oublier que nous sommes de camps adverses. Ne t'inquiète pas, je gère parfaitement. Et merci pour la sophro, ça m'aide beaucoup à appréhender les épreuves.

---Eh, dis-moi, p'tit, t'as fumé, tu sens le chanvre ?

---Tu plaisantes, Blanco, tu oublies que tu m'as infiltré dans un réseau de trafic de cannabis ? Ça ferait tache d'être blanc comme neige. Tu veux qu'on me détronche ?

---Je n'ai pas dit ça, mais je ne savais pas que tu fumais.

Kamel remit les pendules à l'heure, lui expliquant que, comme quasi tous les jeunes de sa génération, il avait déjà tiré quelques joints. Il insista sur le fait qu'il n'avait fumé que de l'herbe pure, avant les ajouts toxiques, telles les microbilles de verre, les particules de plomb et bien d'autres encore, pour augmenter le poids, donc le prix. Il avança une étude faisant état que la mortalité liée au cannabis était deux cents fois moins forte que celle en lien avec le tabac ou l'alcool. Il enfonça le clou, en énumérant la longue liste des produits chimiques autorisés dans le vin : ammoniaque, arsenic, acide chlorhydrique, sulfites... Blanco, déstabilisé, sentant que Kamel allait apporter la preuve des vertus de l'herbe de cannabis pure, *a contrario* de la composition du vin, coupa court à cette discussion. Il fit un compte-rendu téléphonique « codé » au juge d'instruction, qui comprit qu'il recevrait bientôt de plus amples renseignements, sous-entendu, qu'il lui remettrait, en main propre, une copie des diligences, via une clé USB cryptée. Kamel prit encore plus conscience, s'il en était encore nécessaire, de son rôle capital dans cette mission de la plus haute importance. Pour éviter tout manque de transparence, qui pourrait lui être reproché si l'affaire tournait au vinaigre, il profita de l'occasion pour le présenter au juge. Le contact très bref, étonna le bleu. Blanco le rassura, comme il savait si bien le faire.

---Les Institutions sont devenues frileuses, oublie tout soutien en cas de pépin, c'est l'ère du « *courage, fuyons* ». Il faudra être le plus carré possible, surtout que dans cette affaire d'entrisme on va déranger du beau monde, même si la seule raison de ma sollicitation était que nos agents infiltrés se feraient détroncher à chaque approche.

Yacine contactait régulièrement Kamel, par messages codés : *tulipe, chocolat, merguez* ; traduction : Karim, shit, voitures volées, mais bizarrement aucune commande ne vint de *Vogelzaad*. Le commandant ne pouvait se permettre une semaine inactive, vu la notion d'urgence réitérée la veille par son ex-dirlo. Blanco envisagea plusieurs stratégies, dont l'une sembla tenir la corde. Outre la destination des véhicules haut de gamme, deux inconnues subsistaient dans ce réseau Maroc/Pays-Bas. Qui était réellement *Le Chérif* et où se trouvait la ferme de production ? Lors du traçage du *Touareg*, deux points GPS s'étaient démarqués. Après que Kamel eut déposé le 4x4 auprès du flic marocain, la voiture resta immobile durant deux heures au port de Tanger-Med, avant de prendre la direction de l'ouest, pour un arrêt, toute la nuit, à environ dix bornes, derrière la base navale militaire de Ksar-Sghir. Puis, à 6 heures, l'auto enquilla vers le sud-est, pendant trois heures, pour faire une halte de soixante minutes dans le massif du Rif, à Ketama, lieu réputé pour les cultures illégales de haschich. Puis le tracé du parcours prit fin au port de la Goulette, à Tunis.

L'analyse, sans appel, de Blanco fut confortée par celui devenu bien plus que son élève. Le policier marocain ne pouvait être que *Le Chérif*, l'associé de Karim, gérant déguisé de *Vogelzaad*. Puisqu'il y avait fort à parier que le *Touareg* avait fait une première halte nocturne à son domicile de Ksar-Sghir ; puis une seconde à Ketama, sans doute à la fameuse ferme productrice de chanvre. Le puzzle se construisait peu à peu. Les deux principaux narcotrafiquants semblaient bien être Karim et *Le Chérif*. L'un envoyait, via le réseau de Yacine, les véhicules hollandais volés, à destination du flic marocain, qui, après un passage sur le lieu de production de la *Critikal*, les acheminait vers les pays du Moyen-Orient. Le caïd roubaisien, un des distributeurs, était rémunéré en savonnettes de shit, qu'il revendait dans le nord de la France. Restait à découvrir par quelle voie la came circulait du Maroc à Amsterdam, ainsi que le rôle exact tenu par l'entreprise *Vogelzaad*.

---Si j'ai bien compris, Blanco, je vais devoir aller faire un petit crochet sur la terre de mes ancêtres ?

---Je vois que tu apprends toujours aussi vite. C'est aussi pour l'une de ces raisons que j'avais ciblé ton profil. Tu vas dire à Yacine que tu dois bouger quelque temps.

---C'est comme si c'était fait, Blanco.

À bord de la voiture perso du commandant, les deux coéquipiers partirent, dans la nuit, à destination du port ibérique de Malaga. Excepté pour le ravitaillement en carburant, ils ne firent qu'une halte à Paris, pour déposer un courrier confidentiel dans la boîte aux lettres du juge d'instruction, document dans lequel figurait la nouvelle mission de l'infiltré, dans le massif du Rif. Ce qu'avait volontairement omis de préciser Blanco, c'était sa participation à l'escapade en terrain hostile, sachant qu'elle n'aurait pas été validée. Il se garda bien d'en avertir son protégé, afin de ne pas provoquer d'inconfort psychologique inutile. Blanco mutualisa le temps de trajet avec des explications précises du plan à mettre à exécution. Kamel, pourtant toujours très à l'écoute des conseils de son prof, ne fut jamais aussi attentif. Au Maroc, il ne fallait surtout pas se planter, en cas de problème, les négociations diplomatiques seraient, sans nul doute, moins aisées qu'en Europe. La tension était palpable dans l'habitacle. Normal, plus ils avançaient dans l'aventure, corollairement, le risque augmentait. Blanco frappa amicalement sur la jambe de son passager, en guise de « *ça va le faire, p'tit* ».

Toujours grâce à sa bonne étoile, il bénéficia d'un atout non négligeable pour que leur incursion en terre marocaine reste la plus discrète possible. Son ami Gian-Piero, un ex-légionnaire de grande envergure, qui naviguait depuis quelques années en qualité de skipper sur le splendide voilier, *Le Piropo*, était en escale au port de Malaga, pour effectuer quelques sorties de contrôle, avant de partir en croisière pour plusieurs semaines en mer Méditerranée. Peu avant midi, après la confirmation de leur accord de principe, Gian-Piero et sa femme, Marina, accueillirent chaleureusement les deux flics et prirent aussitôt le cap pour le port de Ceuta, à une quarantaine de kilomètres à l'est de la base navale marocaine de Ksar-Sghir. Ils ne couraient aucun risque quant à la discrétion des deux amis d'Italie du Nord, aussi bavards que des tombes. Blanco et Kamel profitèrent de ce temps de répit pour se reposer au maximum dans les couchettes luxueuses, après que Marina leur servit sa succulente cuisine italienne, dont elle détenait le secret familial. La traversée fut relativement rapide, en raison des vents et de l'appui motorisé du bateau. Ils mirent à peine deux fois plus de temps que le ferry, pour apercevoir les côtes marocaines, vers 6 heures du matin, juste avant le lever du soleil. Tels deux commandos plongeurs, Blanco et Kamel parcoururent un kilomètre à la nage, avant de fouler le sol marocain, en toute clandestinité, via la plage de Pointe Blanche, à l'ouest du port de la Ceuta.

4- En terre marocaine hostile.

Toujours cette même sensation inexplicable, lorsque Kamel posait les pieds sur la terre de ses ancêtres. Se revendiquant plus que quiconque franco-français, il ressentait toujours, malgré tout, cette même attraction terrestre, comme s'il se ressourçait et se renforçait de ses racines ancestrales. Alors qu'il récupérait ses vêtements secs, dans son sac à dos étanche, il marqua un temps d'arrêt, qui n'échappa pas au commandant, toujours aux aguets des moindres émois de son protégé.

---C'est le bain de mer à la fraîche qui te met dans cet état ?

---Non, Blanco. C'est juste un sentiment étrange qui m'effleure l'esprit. Tu imagines qu'il y a plus de cinquante ans, mon père faisait le chemin inverse dans la clandestinité, pour rejoindre la terre promise française ?

Le commandant le remit tout de suite dans le sens de la marche. L'heure n'était pas à la flânerie, il fallait agir vite et bien. Moins ils passeraient de temps ici, au Maroc, plus ils en éviteraient les nombreux dangers.

---Tu auras tout le temps d'y penser, lorsque tu écriras tes mémoires. Mais pour cela tu dois rester en vie. L'heure est à l'action, on n'aura pas le droit à l'erreur, ici. Habille-toi rapidement et déguerpissons de là, avant d'être repérés.

L'accostage des deux nageurs de combat de circonstance ne fut pas décelé, ce qui aurait été rédhibitoire pour la poursuite de leur mission, le téléphone arabe aurait alerté les autorités, dans l'instant. La deuxième étape consista à louer un pick-up, pour se rendre au premier point localisé lors de l'itinéraire du *Touareg*, dans la ville de Ksar-Sghir, correspondant vraisemblablement à l'habitation du flic, *Le Chérif*, puisque le véhicule volé y avait séjourné la nuit durant. C'est Kamel qui se colla à cette mission, en langue marocaine qu'il maitrisait parfaitement, essentiellement parlée à la maison. Pour ne pas manquer à la coutume, ni se faire remarquer, il négocia un bon prix qu'il régla en dirham marocain et glissa un petit bakchich, non négligeable, à l'employé de l'agence de location pour ne pas fournir de pièce d'identité, prétextant l'avoir oubliée à l'hôtel. Il récupéra Blanco, planqué à proximité, et prit la direction de Ksar-Sghir, empruntant les routes les moins susceptibles d'être contrôlées par la police, à savoir, les départementales P4703 et P4701, jusqu'au point GPS, situé à trois cents mètres de la base navale.

Ils découvrirent une somptueuse villa, protégée d'un haut mur d'enceinte, de deux miradors, et sécurisée par quatre agents armés : deux, postés dans les tours ; les deux autres, en faction devant l'immense portail de la propriété. Kamel, avalant sa salive, prit la parole.

---Tu crois que cette bâtisse appartient au flic à qui j'ai remis le *Range Rover Sport* et le *Touareg* ? On dirait la forteresse d'un narcotrafiquant colombien ou mexicain.

---C'est fort probable, p'tit. On va se positionner à l'abri des regards et observer les allées et venues du haut de cette colline. Les oliviers éviteront les reflets du soleil sur nos jumelles. Tu connais, maintenant, le principe fondamental du « *voir, sans être vu* ».

Le policier marocain était, certes, un haut gradé, mais son salaire ne pouvait justifier la possession d'une telle demeure, digne d'un millionnaire chérifien. Blanco, le sourire en coin, sut qu'il tenait le bon filon. Il suffisait, maintenant, aux deux coéquipiers de vérifier que ce flic était bien le propriétaire de cette demeure, en s'armant de patience, sous un soleil de plomb. Aucune meilleure école pour que Kamel apprenne les pénibilités du métier. Comme Blanco lui répétait souvent : « *cinq pour cent de plaisir, pour quatre-vingt-quinze pour cent de galère* ».

Ce n'est qu'au bout de sept heures de surveillance alternée et de quelques sandwichs locaux pain/harissa, que les deux observateurs aperçurent l'arrivée d'un *Porsche-Cayenne* flambant neuf, devant l'entrée de l'habitation. Les plaques néerlandaises ne laissèrent aucun doute quant à l'origine frauduleuse. Étonnement, Kamel n'avait reçu aucun ordre de mission du caïd, Yacine. Y avait-il une autre filière de convoyage ? Le conducteur fut formellement reconnu par Kamel, comme étant le réceptionneur des deux voitures livrées au port de Tanger-Med. Son attitude assurée et celle soumise des agents de sécurité confortèrent l'idée qu'il était l'un des deux tauliers, avec Karim, de ce réseau de trafic international de résine de cannabis. Les deux sentinelles des miradors rectifièrent aussitôt leur position, tandis que les deux autres vinrent lui ouvrir la portière du *Cayenne,* le saluant respectueusement. Il descendit du bolide, le buste droit, avant de leur faire un signe autoritaire de la main, d'ouvrir le portail. Surplombant cette habitation, le commandant et son stagiaire eurent tout loisir de voir une femme et deux petites filles sortir de la maison pour venir embrasser le flic marocain. *Le Chérif* laissa le *Cayenne* sur le parvis de la demeure et pénétra dans la maison.

Ce lieutenant-colonel de cinquante-cinq ans, une belle carcasse d'un quintal pour un mètre quatre-vingt-dix, marié à une nièce du pouvoir en place, avait bénéficié d'un déroulement de carrière explosif, d'ailleurs recruté sans passer d'épreuves d'admission. Vu son activité parallèle, maintenant encore plus évidente, il y avait fort à parier qu'il restât redevable d'un parcours sans pareil. Il était craint, donc respecté, dans son Institution, et ceux qui eurent la mauvaise idée de le gêner pour quelque motif, intentionnellement ou non, moisissaient dans les piteuses prisons du pays. Dès lors qu'il se titillait le bout de la moustache et qu'il fronçait ses sourcils épais, le sort en était déjà jeté pour son rival. Ses deux filles bénéficiaient de l'éducation d'une préceptrice renommée ; sa femme, déjà dotée d'une fortune colossale, gérait avec fermeté la propriété et la dizaine d'employés. Véritable maitresse de maison, elle était sans pitié pour ceux qui ne satisfaisaient pas à la tâche.

Pour revenir au *chouf*, excepté la relève des quatre gardes, à 22 heures, la scène se figea jusqu'à l'aube. Blanco et Kamel ayant alterné le poste d'observation toutes les deux heures, chacun put se reposer à la belle étoile, dans la benne du pick-up, très fonctionnelle pour l'occasion. Les deux hommes furent avares de bavardage, privilégiant les temps de repos, au cas où la mission devenait plus périlleuse. Comme l'expérimenté commandant le répétait souvent au néophyte : « *il faut, parfois, savoir ménager sa monture* ».

À 5 heures 30, la sécurité laissa entrer, dans la propriété, un *Toyota Hilux*, immatriculé au Maroc. Le commandant, assurant son tour de surveillance, réveilla aussitôt Kamel. Armés de leurs jumelles, ils furent ô combien surpris, lorsque le conducteur, un trentenaire typé maghrébin, leva l'arrière de la bâche du pick-up.

---Blanco, que font ces sacs *Vogelzaad* dans ce 4x4 ?

Le commandant laissa mariner son jeune apprenti.

---Kamel, la plaquette de shit que tu as reçue de Yacine, pour le convoyage du *Touareg,* était à base de *Critikal* et la savonnette provenait de l'entrepôt de *Vogelzaad.*

---Oui, Blanco, mais je ne vois pas encore la raison de la présence de ces sacs hollandais, ici, au Maroc.

Le commandant lui expliqua que, selon toute vraisemblance, ces sacs ne contenaient certainement pas de graines pour oiseaux, *Vogelzaad* utilisant l'artifice de cette société-écran pour exporter illégalement des plants de *Critikal*. Ceux-ci, règlementairement produits aux Pays-Bas, étaient ainsi acheminés illégalement et cultivés par un producteur de la région de Ketama, pour la fabrication de la résine de cannabis. D'où la gérance officieuse de l'entreprise par le charismatique Karim, recevant, indirectement, l'appui d'un haut responsable politique néerlandais, et son association avec *Le Chérif*, le lieutenant-colonel, bénéficiant, directement, de la bienveillance du pouvoir marocain. Restait à identifier le conducteur du *Toyota*, qui répartit équitablement les sacs dans le *Porsche-Cayenne* et son pick-up ; puis, à trouver le lieu de production, sans doute le point GPS localisé par la balise, lors de l'arrêt d'une heure du *Touareg* dans le massif du Rif ; et, bien entendu, la logistique aller, des sacs *Vogelzaad* et celle retour, des « valises marocaines » de résine de cannabis, entre le Maroc et les Pays-Bas.

La manutention terminée, *le Chérif* vint serrer la main du chauffeur du *Toyota*. Ils discutèrent quelques minutes, avant de partir à bord de leur engin respectif. C'est le moment que choisit Blanco pour déguerpir de la planque et tracer la route. Inutile de filocher les deux véhicules, au risque de se faire repérer, le but étant d'atteindre, avant eux, le point GPS de Ketama, et de bénéficier d'un temps suffisant pour y mettre en place un dispositif de surveillance. Le *Cayenne* et le *Toyota* allant sans doute emprunter l'itinéraire le plus rapide, via la nationale 2, Blanco, au volant du pick-up, les devança pour couvrir le plus vite possible les deux cent trente kilomètres. Il passa les villes de Tétouan, Chefchaouen et confia le manche à Kamel, juste avant Issaguen, pour emprunter la D 509, en direction de Ketama, espérant que *Le Chérif* et le « trentenaire marocain » envisagent la même destination. Sinon ce serait un coup pour rien, excepté l'espoir d'y découvrir le site de production. En tout cas, les voitures « suiveuses » n'apparurent jamais en visuel dans les rétroviseurs. La progression se poursuivit sans difficulté sur les routes sinueuses de montagne, jusqu'à environ cinq kilomètres du point GPS identifié.

En sortie de virage, un enfant de sept ou huit ans, empiétant sur la route déjà trop étroite, obligea Kamel à freiner brusquement. Blanco ordonna aussitôt de ne pas s'arrêter, mais Kamel, via sa vitre baissée, était déjà en vis-à-vis du gamin, qui jeta un objet dans l'habitacle, avant de se volatiliser dans la pente abrupte recouverte de chanvre.

---Merde, qu'est-ce qu'il a balancé, Blanco ?

Le commandant se prit la tête dans les mains et tapa de rage sur la boîte à gants, faisant sursauter Kamel.

---Tu ne vas pas tarder à le savoir, p'tit. Reste à espérer que ça ne mette pas en péril le déroulement de la mission.

Surpris par la réaction du commandant, autant que par la découverte, sous ses pédales, de la savonnette de résine de cannabis lancée par le minot, le jeune flic comprit immédiatement la combine. Puisque, à peine il s'engagea dans le virage suivant, qu'il fut stoppé, au beau milieu de la chaussée poussiéreuse, par deux policiers arborant leur tenue d'uniforme aux insignes marocains.

---Putain de merde, j'ai pigé, Blanco. Désolé.

---Surtout, garde ton calme, p'tit. J'aviserai si ça chauffe.

L'un d'eux s'avança d'un pas lent, mais menaçant vers Kamel, qui n'eut pas le temps de se débarrasser du pain de shit, tandis que le second pointa son arme en direction du pare-brise du pick-up. Le jeune flic n'en menait pas large, le commandant Blanco espéra qu'il ne s'agisse que d'un classique racket. Le premier policier prit la parole en français, teinté d'un fort accent marocain.

---Bonjour, Messieurs. Vous faites quoi dans la région ?

Kamel, qui avait fait la boulette, se sentit obligé de les sortir de ce traquenard. Il s'adressa fougueusement à l'agent, histoire d'essayer d'inverser le rapport de force.

---Je fais visiter le pays à mon futur beau-père…

Le policier lui coupa immédiatement la parole, fixant la savonnette posée sur les genoux de Kamel.

---Je vois que tu veux aussi lui faire goûter les produits du terroir. Tu sais comme moi que c'est interdit, ici, et que ça peut vous coûter la prison. Crois-moi, les cellules marocaines ne sont pas comme chez vous, en France.

Kamel s'agaça davantage et abrégea la discussion en sortant une liasse de dirhams marocains. L'interpellateur, d'une nonchalance insupportable, s'adressa ironiquement à son coéquipier.

---J'ai comme l'impression qu'ils ne t'ont pas vu, cher collègue. Ou peut-être veulent-ils visiter nos cachots ?

De plus en plus énervé, Kamel lui remit la part de son acolyte. Le policier reprit le pain et souhaita bon séjour à Kamel et à son futur beau-père de circonstance. Blanco souriait, autant de l'agacement du jeune premier, que par le fait qu'il ne s'agissait que d'un racket plutôt habituel, ici. Malgré tout, ce coup du lancer de shit par le gamin était plutôt bien pensé, net et sans bavure…

---Allez, p'tit, ça fait partie des us et coutumes. Et ça vaut mieux qu'un contrôle plus approfondi. N'oublie pas que nous sommes clandés et, surtout, on ne pouvait s'éterniser, au risque d'être rejoint par nos poursuivants.

Kamel, rongeant son frein, ne répondit pas à la mi-provoc, mi-raison du commandant et poursuivit sa route sans prononcer le moindre mot. Ils arrivèrent à destination, un quart d'heure plus tard, à 9 heures, à proximité d'un corps de ferme isolé au milieu des plantations de cannabis tapissant les flancs de montagne à perte de vue. Même les cèdres avaient laissé place à cette culture. La forte odeur âcre du chanvre leur titillait les narines et imprégnait même leurs vêtements. Blanco pigeait mieux, maintenant sur place, la situation décrite par l'un de ses tontons, consommateur de cannabis : « *il y a du cannabis partout dans le massif du Rif, le Maroc est devenu le premier fournisseur et flirte avec les quatre-vingt-dix pour cent de la production du globe* ». Ce même gars y voyait la naissance d'un nouvel ordre économique mondial en la matière : « *les chérifiens coupent l'herbe sous le pied des mafias, engendrant de la désorganisation et de la tension en Europe. D'autant que ce que les Européens appellent encore le Kif, n'en est plus vraiment. La vertueuse Beldia a maintenant laissé place à cette merde de Critikal qui ronge le cerveau* ». Blanco resta pensif un instant, pendant que Kamel planquait le pick-up, hors la vue des usagers de la ferme.

---Ça sent pas bon. Je ne parle pas du chanvre. J'ai comme un mauvais pressentiment. Mais qu'est-ce qu'on fout ici ?

---De toute façon on y est en plein, maintenant, Blanco.

---Ouais, tu as raison, p'tit. Bien joué pour ta planque.

---C'est ce qu'on appelle l'art du « *voir sans être vu* », n'est-ce pas mon très cher Commandant ? (Sourires partagés).

Dix minutes plus tard, le *Cayenne* et le *Toyota* se garèrent devant le corps de ferme. À peine les moteurs éteints que cinq ouvriers agricoles vidèrent le chargement de pseudos graines pour oiseaux et les entreposèrent dans l'immense hangar. Sitôt délesté, le « trentenaire marocain » prit le volant du *Cayenne* et sortit du site, sur les chapeaux de roues. De leurs jumelles, Blanco et Kamel purent constater que l'entrepôt abritait des centaines de sacs *Vogelzaad* de vingt-cinq kilos. Certain qu'il s'agissait de graines hybrides *Critikal*, Blanco voulut en détenir la preuve matérielle. Il attendit le moment opportun pour envoyer Kamel y prélever un échantillon, pour la comparaison avec le pain de résine de Yacine. Ce qui fut réalisé, facilement, dès que *Le Chérif* quitta la zone, à bord du *Toyota*, la benne remplie de « *valises marocaines* ». Sans doute qu'il faisait retour chez lui, pour préparer le convoyage de la marchandise vers les Pays-Bas.

À distance raisonnable du 4x4 truffé de résine de cannabis, les deux flics français rejoignirent, trois heures plus tard, leur planque surplombant la résidence du *Chérif*, le pick-up y était déjà stationné. Les deux acolytes reprirent leur tour de garde. Rien ne bougea, jusqu'à l'heure méridienne du lendemain, lorsque le « trentenaire marocain » fut déposé par un taxi, devant le portail.

Au même moment, Kamel reçut un message de Yacine : « *salut, Le Parigot. Y aura du mouv dans deux ou trois jours. J'te rappelle* ». Le jeune flic répondit par un pouce.

---Bizarre qu'il n'ait pas fait appel à tes services pour le *Porsche-Cayenne* d'hier, p'tit. Bon, on verra bien, lorsque tu reprendras contact avec lui. Pour l'heure, on va essayer de vérifier ce qu'ils vont faire de cette fameuse cargaison.

Le chérif sortit précipitamment de sa maison, lança les clés du pick-up au trentenaire, qui se positionna au volant, tandis que le flic monta côté passager. Ils quittèrent la demeure pour prendre la direction du Nord. Blanco préféra rester sur les lieux de la surveillance, car le *Toyota* prenait la direction de la base navale, à trois cents mètres de l'habitation. De leur planque, les deux Français pouvaient mieux observer l'intérieur de l'enceinte militaire. Après un salut appuyé, les deux militaires en faction devant la caserne laissèrent libre accès aux deux visiteurs, sans contrôler ni les occupants ni le chargement sous la bâche. *A contrario*, s'agissant d'une zone sensible, l'inverse aurait dû se produire, preuve qu'il s'agissait d'un process habituel. Le pick-up traça tout droit vers le quai et s'arrêta au pied d'un voilier battant pavillon hollandais, amarré entre les Frégates *Hassan II* et *Mohamed V*. Trois marins caucasiens et le « trentenaire marocain » déchargèrent la centaine de « valises marocaines » de la benne du pick-up, pour les entreposer dans le bateau de plaisance. Considérant que chaque sac contenait vingt-cinq kilos de résine de cannabis, deux tonnes cinq cents furent ainsi manutentionnées, au vu et au su de la base navale. Au jugé, le commandant Blanco évalua le prix de la cargaison à environ treize à quatorze millions d'euros. Ensuite, les quatre hommes sortirent des sacs *Vogelzaad* du bateau, pour les placer à l'arrière du *Hilux*. L'opération terminée, *Le Chérif*, qui avait gardé les mains dans les poches durant la manutention, et son acolyte repartirent à bord du pick-up pour rejoindre la villa, en visuel.

Chaque élément du puzzle s'imbriquait parfaitement, la localisation GPS du domicile du *Chérif* et de la ferme de culture de la *Critikal* étant confirmée. Le lien entre la société *Vogelzaad* et le producteur était établi, nul doute que la comparaison entre la savonnette de Kamel et l'échantillon de plant prélevé sur le site de production allait renforcer cette preuve matérielle. Plus sensible, l'implication du pouvoir en place se révélait indiscutable, le lieutenant-colonel bénéficiant d'un déroulement de carrière et des laissez-passer ad-hoc pour organiser le trafic. Identifier le propriétaire du voilier hollandais sera un jeu d'enfant, restera à obtenir l'identité du trentenaire marocain. Les deux Français possédaient suffisamment d'éléments nouveaux pour ne pas s'éterniser inutilement sur le sol marocain, d'autant que Kamel devait être rapidement sollicité par Yacine, pour un autre convoi. Ils reprirent la direction de Ceuta pour déposer le véhicule de location. Comme convenu, l'ex-légionnaire, Gian-Piero, sans poser de question, les récupéra, au moyen de l'annexe, au large de la plage de Pointe Blanche, pour faire retour à Malaga. Après avoir dégusté les succulents *cannellonis* de Marina, les deux missionnaires profitèrent de la traversée pour se reposer au maximum. Ils purent ainsi reprendre la voiture au port et prendre la direction de Lille. Ils optimisèrent ce temps de trajet pour débriefer et définir la stratégie à venir.

---Il faudra absolument identifier ce trentenaire marocain. La prochaine fois que tu livreras une voiture au *Chérif*, tu fileras ce gars pour savoir où il crèche et qui il est.

---C'est le seul point manquant. Quid de la responsabilité du pouvoir marocain et peut-être des Pays-Bas, Blanco ?

---Oh, ça sera une autre paire de manches. On laissera œuvrer la diplomatie française. Ça nous dépasse.

---Mais tu as l'air préoccupé, Blanco. Un problème ?

---Tout paraît trop facile, Kamel. Il y a un truc qui m'échappe dans cette affaire. Tous les acteurs sont trop confiants. C'est inhabituel, il y a toujours de la tension dans ce type de réseau, normalement. Il faut peut-être chercher l'intrus du côté de Yacine.

---Je vais bientôt être en contact, je pourrai le sonder.

Tout proche de Lille, Kamel reçut l'appel de Yacine. Le ton employé par le Roubaisien avait perdu de sa sérénité. Le commandant avait sûrement raison, c'était sans doute auprès de lui que Kamel pourrait sentir la patate. Blanco avait toujours cette histoire de balise en tête. Peut-être avait-elle été réellement découverte à la Goulette ? Ce qui ferait de Kamel le suspect idéal.

---Écoute-moi bien, Kamel, tu dois absolument me contacter avant le routage. Si tu estimes que quelque chose a changé dans l'attitude de Yacine ou la mission en elle-même, tu devras m'en tenir absolument au courant. Ainsi, je pourrai anticiper sur leurs éventuelles actions.

Blanco lui réexpliqua la mésaventure de la balise déconnectée à Tunis et convint de lui remettre un mini-traceur, à l'aire de Phalempin, suffisamment discret pour le dissimuler dans le calbute. Ensuite, en fonction de la mission, Kamel décidera du moment opportun pour baliser la voiture au Maroc. Le commandant le déposa à distance raisonnable de la cité de l'Alma. Yacine, portant quelques ecchymoses sur le visage, Kamel s'inquiéta.

---Putain, qu'est-ce qui t'es arrivé, Yacine ?

---T'occupe pas d'ça ! Tu vas livrer un *Volvo*.

---J'le prends là-haut ? Il sera chargé ?

---Contente-toi d'faire c'que j'dis ! J'te dépose à Tourcoing et tu prends la route immédiatement pour Tanger-Med.

Kamel ne prononça plus un mot. Lorsqu'il arriva à l'entrepôt, il comprit que le vent avait tourné. Blanco avait eu le nez fin, c'est bien du côté de Yacine qu'il put constater un changement radical d'ambiance. Avant qu'il monte dans le *XC90 version business*, il fit l'objet, par deux hommes de main du caïd roubaisien, d'une palpation dans les règles de l'art. Il ne broncha pas d'un sourcil, même lorsque l'un d'eux remit son téléphone à Yacine. S'il découvrait le doublon de carte Sim, s'en serait sûrement fini pour lui. Il respira lentement, à la mode sophro, sans que le boss, qui le fixait droit dans les yeux, ne s'aperçut de son émotion. Pensant qu'il s'agissait du téléphone de sa flotte, il lui remit l'appareil et lui ordonna le départ. Le flic avait encore magnifiquement géré cette situation stressante. Cette affaire sentait le souffre, comme l'avait pressenti Blanco. Mais Kamel voulait aller au bout de sa mission pour identifier le trentenaire marocain, qui détenait une place de choix dans ce réseau. Aussitôt qu'il eut enquillé sur l'autoroute A1, il appela le commandant.

---Tu avais raison, c'est chaud. À Phalempin, Blanco.

---Non, surtout pas, p'tit, je suis trois cents mètres derrière, le caïd est intercalé entre nous, voici un cas concret de contre-filoche. Il va te filer un moment, pour vérifier que tu ne poses pas de balise, mais il ne va pas faire tout le trajet. Continue ta route jusqu'à ton point de ravitaillement. Si, à ton premier arrêt carburant, il te colle encore aux basques, on opérera au second.

Comme envisagé, le X6 lâcha la filoche vers Orléans. Par prudence, les deux flics poussèrent jusqu'à une aire de repos, peu avant Vierzon. Le commandant retrouva son acolyte, derrière les toilettes du site.

---Sûr qu'ils savent pour la balise, p'tit. Soit, on en reste là, puisque nous avons engrangé suffisamment d'éléments pour démanteler le réseau, même si la taupe n'est pas démasquée ; soit, on pousse jusqu'à l'identification du trentenaire. Mais cette seconde solution est très risquée.

Il faudrait que Kamel puisse placer le mouchard, après une hypothétique fouille à Tanger-Med, pour que la balise soit découverte après, et instaurer le doute pour figer quelque temps les acteurs. Il serait, ainsi, plus aisé d'identifier le pion manquant. Le jeu en valait-il la chandelle ? S'il avait été seul dans la partie, Blanco aurait pris cette option. Mais il était risqué de jeter Kamel en pâture, d'autant que le juge et son ex-directeur ne lui auraient pas donné leur aval. Il revenait à Kamel de se positionner, ce qu'il fit avec beaucoup de détermination.

---On y va, Blanco ! Tu m'as toujours dit d'aller au bout de mes convictions, sinon je pouvais rester à la maison. Puis, qui nous dit que ce gars n'est pas la taupe à lever ?

Convaincu, le commandant lui remit la balise.

---Tu seras seul, p'tit, là-bas. Je sais que tu vas le faire. Contacte-moi aux heures de la prière, si tu ne peux pas faire autrement. Il est primordial de garder le contact.

Les deux flics ne s'éternisèrent pas, Blanco prit le chemin du retour, aussi fier qu'inquiet pour son poulain, qui, déterminé comme jamais, fonça plein pot vers Algésiras. Comme d'habitude, le policier espagnol lui permit d'embarquer dans le ferry, mais au port de Tanger-Med, Kamel fut accueilli froidement par *Le Chérif*.

---Bouge pas de là, toi ! Allez-y, Messieurs !

Le lieutenant-colonel fit fouiller le *Volvo* par trois de ses flics. Kamel dut lui remettre son téléphone portable. Judicieusement, il avait pris soin d'effacer les appels destinés à Blanco et de verrouiller la seconde carte Sim. Les policiers marocains firent signe à leur chef qu'il n'y avait rien de suspect sur le véhicule. L'un d'eux palpa Kamel, en oubliant, fort heureusement, l'entrejambe, passant outre la mini-balise. *Le Chérif* l'avisa sèchement.

---Prends le volant ! On va faire un petit tour là-haut !

Kamel, exécutant sans broncher, comprit, après une heure et demie de route, qu'ils se dirigeaient vers Ketama. L'ambiance dans l'habitacle fut pesante durant la totalité du trajet, *Le Chérif* ne prononçant pas le moindre mot. Pire, il se titilla en permanence les moustaches, jetant des regards noirs à l'endroit du flic infiltré. Ils arrivèrent sur le site de production, vers 17 heures. Le trentenaire marocain, les y attendant, s'étonna de ne voir aucun sac *Vogelzaad* dans le *Volvo*. *Le Chérif* le saisit par le bras, l'emmena derrière l'entrepôt et l'avisa fermement.

---Tu bosses pour les *condés* ou t'en es un, Sofiane ?

---Jamais d'la vie. Plutôt crever ! Comme Karim t'a dit, j'suis en cavale, j'ai les flics hollandais aux fesses. J'comprends pas pourquoi tu m'fais pas confiance ?

---Ouais, vous avez tous les flics au cul. J'vais t'avoir à l'œil, Sofiane, au moindre doute j'te fais fumer. Rentre bien ça dans ta p'tite tête, faut pas jouer au con avec moi.

Cet aparté fit pâlir Sofiane, qui ne géra pas cet incident aussi bien que l'aurait abordé le flic infiltré français, intensifiant, ainsi, la méfiance du *Chérif*, obnubilé par la balise découverte sur le *Touareg* à Tunis. Pour lui, soit le traceur avait été placé par Kamel, entre Tourcoing et Tanger-Med ; soit par Sofiane, entre Ketama et la Tunisie. Pendant ce court laps de temps, Kamel saisit l'opportunité pour placer discrètement le mini-tracker aimanté sous le *Volvo*, avant que les deux Marocains revinssent près de lui. *Le Chérif* ordonna à Sofiane de refouiller Kamel, sans rien trouver, même dans l'entrejambe fraîchement délestée du mouchard. Kamel souffla intérieurement, moins une qu'il ne se fasse rattraper par la patrouille. Il comprit que Sofiane était récent dans l'organisation, lequel ne s'exprimait qu'en arabe, avec un fort accent néerlandais. Le coup de chaud passé, ils bénéficièrent d'une visite des ateliers de transformation du chanvre, comme pour les remettre en confiance, après ces épisodes tendus. Ils burent le thé, pendant que *Le Chérif* leur posait des questions d'ordre personnel, auxquelles Kamel répondit avec davantage de subtilité que son acolyte. Puis, le lieutenant-colonel leur ordonna d'aller se reposer, avant de reprendre la route.

Une demi-heure plus tard, un pick-up débarqua à la ferme. Quatre molosses armés en descendirent, puis réveillèrent le flic infiltré et Sofiane, les priant de monter dans chacun des *Toyota*. Kamel grimpa dans celui du *Chérif*, conduit par l'un du quatuor arrivant ; Sofiane, dans le second, accompagné du trio restant. Les deux véhicules démarrèrent nerveusement et gravirent les chemins montagneux étroits, bordés de plantations de cannabis. Kamel fut, à son tour, interrogé froidement par *Le Chérif*, qui brandit la mini-balise devant son visage.

---Dis-moi, mon gars, c'est à toi, cette merde ?

L'infiltré français avala discrètement sa salive et débriefa dare-dare. N'ayant été trouvée, ni à Tourcoing ni à Tanger, la balise levée à Ketama attirait, désormais, les doutes sur Sofiane. Kamel joua à l'étonné.

---Non, M'sieur. C'est quoi c'truc ? Jamais vu.

---Écoute-moi bien. Soit c'est à toi, soit c'est à lui.

---Je n'sais même pas c'que c'est, M'sieur. Moi, j'ai un travail à faire et je n'm'occupe pas du reste. Normalement, je d'vais déposer le *Volvo* à Tanger-Med et r'prendre le ferry. Mon patron va s'poser des questions. Déjà qu'il avait l'air contrarié, il m'a même fouillé avant l'départ, comme vos gars l'ont fait à mon arrivée à Tanger-Med.

Malgré sa juste répartie, Kamel ne put lire, dans l'échange de regard entre le boss et son chauffeur, si sa réponse les satisfaisait. Puis *Le Chérif* ordonna brutalement au chauffeur de stopper la progression. À plus de deux mille kilomètres de là, Blanco ayant déclenché le système d'écoute à distance du portable que Kamel avait été contraint de remettre au *Chérif*, écoutait, impuissant, la conversation. Même dans de sales draps, Kamel sembla gérer au mieux cette situation extrême.

Le commandant entendit le véhicule freiner net, aussitôt imité par un second ; plusieurs portières s'ouvrirent et se refermèrent brutalement. Des perles de sueur ruisselèrent sur le front du vieux briscard, pas habitué à se retrouver en dehors de l'action. À ce moment précis, il aurait payé rubis sur l'ongle pour prendre la place de son protégé, même si, en son for intérieur, il affichait une totale confiance en la capacité d'adaptation hors norme du p'tit, à appréhender les pires scénarios.

Malgré cela, la scène qui suivit, augmenta son rythme de pulsations cardiaques, à lui faire rompre les artères. Il entendit *Le Chérif* positionner deux de ses hommes, dos au ravin, et trois autres, derrière lui. Son stress atteignit le paroxysme, lorsque le flic marocain ordonna, à une tierce personne, de faire feu sur l'individu qui venait d'être jeté au sol. Le commandant n'avait aucune indication quant à la position de Kamel. Sans doute était-il celui agenouillé, au centre du cercle constitué par les narcotrafiquants, à cause de la découverte des balises sur le *Touareg* et le *Volvo*. Blanco fut au bord du malaise, lorsque les ordres du *Chérif* firent caisse de résonnance dans sa tête.

---Tire, si t'es pas une taupe ! Flingue ce fumier d'*condé*, sinon c'est lui qui te butera !

Cette fois, Blanco, le sang glacé, ne se fit plus aucune illusion. C'était bien son p'tit gars qui était en si mauvaise posture. Il s'en voulut à mort de ne pas avoir écouté son mauvais pressentiment, s'en arrachant les cheveux. Puis, après un long silence de mort, il sursauta à l'écoute de la terrifiante détonation, suivie du bruit sourd de la chute d'un corps lourd sur un sol meuble.

Le ciel lui tomba sur la tête. Pour la première fois de sa carrière, Blanco se retrouva au bord de la syncope. Les jambes vacillantes, le souffle coupé, il dut s'asseoir sur son fauteuil pour éviter de tomber. Son auto réflexe de sophro lui permit, doucement, de reprendre une respiration quasi normale. Les fourmillements disparaissant peu à peu, il réussit à se rendre dans les toilettes pour y vomir ses tripes. Il se passa la tête sous une douche glacée pour recouvrer ses esprits et courut dans la pièce principale pour récupérer le téléphone dans l'espoir d'entendre la voix de Kamel. Mais rien n'y fit. Il ne perçut que des bruits de coups de pelles, creusant la tombe du défunt, et les ordres donnés aux fossoyeurs d'accélérer le mouvement. Les espoirs de Blanco furent totalement anéantis, lorsque *Le Chérif* s'esclaffa : « *ils ont voulu jouer au plus malin en infiltrant ce p'tit flic, maintenant ils sauront qu'on ne plaisante pas avec les affaires, au Maroc* ».

Puis, se bousculèrent les premières interrogations. De quelle manière rapporter les faits dramatiques aux parents de Kamel ? Comment justifier cet incident auprès des autorités administratives et judiciaires ? D'autant que le commandant Blanco n'avait pas souhaité prévenir son ex-dirlo et le juge mandant, de cette mission très risquée en terre marocaine, de peur d'essuyer un refus. Même s'il y avait un sérieux doute sur le déroulement de cette opération, son devoir était de les en avertir.

Au final, il se moquait éperdument des répercussions disciplinaires qu'il allait encourir. Seule la mort de son protégé l'accablait. Ensuite, il prendrait sûrement sa retraite sur ce revers cinglant. C'était le fameux coup de trop, qu'il n'aurait jamais dû jouer.

De rage, il balança le téléphone à travers la pièce et s'incendia à voix haute : « *Pourquoi, je ne me suis pas écouté ! Je n'sentais pas ce coup et j'ai continué ! Putain, j'ai tué ce p'tit ! J'suis le seul fautif ! Quel con je suis !*

5- Un infiltré peut en cacher un autre.

Affalé sur le sofa, la tête dans les mains, le commandant entendit sonner son téléphone qui avait résisté au choc. Et si c'était Kamel qui rappelait ? Traversé par un soupçon d'espoir, Blanco récupéra son appareil, au pied de la cheminée, et décrocha.

---Kamel ? Dis-moi que c'est toi, p'tit !

---Non, Blanco, c'est moi. Y a un problème avec le jeune ?

Le commandant, désabusé, raccrocha aussitôt. Il n'avait plus la force de parler, même à son ancien directeur, et surtout pas à lui, d'ailleurs. Si ce dernier ne l'avait pas démarché, le jeune Kamel serait toujours en vie, connaîtrait un début de carrière « normal » d'officier de police et ferait la fierté de son père. Au lieu de cela, il était, sans doute, enterré six pieds sous terre, dans le massif du Rif, on ne sait où exactement. Peut-être que le bornage du téléphone permettra de le localiser ? Au moins, la dépouille pourra être remise à la famille.

Le téléphone sonna, encore et encore, mais Blanco ne répondit pas, éprouvant le besoin de recouvrer ses esprits, avant de donner une version plausible à son ex-dirlo. Il devait aussi contacter le juge d'instruction, pas une mince affaire, puisqu'il n'avait pas daigné l'informer de cette dernière mission. Pour le coup, Kamel n'avait bénéficié d'aucune couverture administrative.

À quelque trois cents kilomètres de Lille, la tension atteignait aussi des sommets dans les bureaux des douanes néerlandaises, à Amsterdam. Le directeur national du renseignement et des enquêtes douanières, ayant provoqué une réunion d'urgence, frappa du poing sur la table, en s'adressant à l'un de ses capitaines.

---Comment ça, plus de nouvelles ? Vous plaisantez ? Vous êtes conscient des enjeux financiers, Capitaine ?

---Aussi bien que vous, Monsieur. Mais c'est aussi vous qui avez refusé que Karim, le taulier de *Vogelzaad*, et *Le Chérif* n'aient pas connaissance du statut de notre agent, Sofiane. Reste à savoir si c'est lui qui a été abattu.

---Si on ne reprend pas vite la main sur cette opération et que ça arrive aux oreilles du Premier Ministre, celui de l'Intérieur me fera sauter sur le champ. Vous comprenez ?

Quelques semaines auparavant, le directeur des douanes, en accord avec le ministre de l'Intérieur néerlandais, avait infiltré un douanier, Sofiane, pour réguler, « officieusement », un réseau de résine de cannabis, entre Ketama et Amsterdam, à partir des plants hybrides de *Critikal* produits aux Pays-Bas. Bien entendu, cette affaire d'entrisme se réalisait à l'insu du Premier ministre, *Mark Rutte*, surnommé « *le Monsieur Normal* », déjà en délicatesse avec les narcotrafiquants. Il s'agissait d'une mission purement commerciale, mais sensible, dont les enjeux financiers étaient faramineux. Le directeur reprit la parole, affichant toujours autant de nervosité.

---N'oubliez pas les risques économiques et la guerre des parts de marché ! On ne doit pas se faire doubler par les Français ! Vous connaissez l'ambition cachée de Monsieur *Macron* de réglementer aussi le cannabis, en France !

De quoi s'agissait-il ? Parts de marché, guerre en Europe, adversité commerciale franco-néerlandaise ? Était-ce un discours politique ou mafieux ? Ou les deux à la fois ? Le directeur n'avait à peine évoqué la potentielle perte de leur agent, Sofiane, le vecteur économique prenant largement le pas sur l'affectif. Bref, il était bien question de trafic international de résine de cannabis. Qui plus est, dans un pays où la consommation et la revente de cette plante étaient réglementées depuis le milieu des années 70. Ses légendaires *coffee shops* avaient fleuri un peu partout, la possession de cannabis tolérée à cinq grammes, la culture autorisée jusqu'à cinq plants pour une consommation personnelle. Peut-être que les règles du jeu venaient d'évoluer, lorsque, fin 2017, le gouvernement néerlandais eut lancé, à titre expérimental, une culture légale du chanvre, supervisée par l'État ? C'était sans doute pour cette nouvelle politique que *Mark Rutte* faisait l'objet de pressions des milieux maffieux.

L'officier douanier, les yeux rougis, très agacé par les propos du dirlo, reprit du poil de la bête et la parole.

---Nous savons tout cela, Monsieur le Directeur. Mais, notre première préoccupation est de retrouver la trace de notre agent, Sofiane. En espérant que ce ne soit pas lui qui vient de se faire descendre dans le massif du Rif.

Ce capitaine néerlandais avait vécu le même calvaire que son homologue lillois, le commandant Blanco. Sofiane, appelé « le trentenaire marocain » par les deux flics français, s'était également vu confisquer son téléphone portable par *Le Chérif*. Profitant du même dispositif d'écoute à distance, il avait entendu la même scène que Blanco. Lui aussi avait l'intime conviction que son douanier infiltré avait été descendu. Cette taupe néerlandaise avait été recrutée par le capitaine, autant pour ses origines chérifiennes, que pour ses capacités d'adaptation hors du commun. À l'instar de Blanco, il culpabilisait à l'idée que son poulain soit mort dans des circonstances aussi dramatiques. Pire que pour le commandant français, aucun magistrat des Pays-Bas n'avait été avisé de cette affaire d'entrisme, Sofiane étant livré à lui-même, sans aucune couverture administrative.

Dans son loft lillois, Blanco reprenait peu à peu ses esprits. Au moment où il se saisissait de son téléphone pour rappeler son ex-dirlo, celui-ci sonna. Il décrocha.

---Putain, Blanco ! Tu ne réponds jamais au téléphone ?

Debout, le commandant eut les jambes qui vacillèrent de nouveau. Il se rassit et souffla longuement. Mais, toujours incapable de prononcer le moindre mot, son correspondant, impatient, le somma de lui répondre.

---Blanco, c'est moi ! Putain, réponds-moi ! C'est chaud !

Le p'tit était donc en vie, impensable. Blanco, saisi par l'émotion, répondit d'une voix chevrotante.

---J'ai vraiment cru qu'ils t'avaient descendu, p'tit.

---Je t'avoue que c'était moins une, Blanco. C'était l'horreur. J'ai dû… Excuse-moi, je t'appelle plus tard.

Le Chérif lui ayant rendu son portable, Kamel avait réussi à se mettre à l'écart pour contacter Blanco. Mais, il fondit littéralement en larmes, lorsque le commandant décrocha enfin. Il fut incapable de prononcer le mot tuer et dut raccrocher. Il n'avait eu d'autre choix que de flinguer le « trentenaire marocain », sinon c'est lui qui l'aurait abattu. Kamel savait que la découverte de la balise sur le *Volvo,* à la ferme de production, avait inversé la tendance en sa faveur. Ça ne s'était joué à rien. Comme lui répétait Blanco : « *rien ne sert de s'épancher sur le passé, tu ne pourras jamais le changer, juste en tirer de l'expérience* ». Il s'en imprégna pour poursuivre la mission, d'autant que maintenant *Le Chérif* lui manifestait une totale confiance.

---On a vraiment cru qu'c'était toi qui avais placé la première balise. On saura dédommager ton boss qui a reçu une injuste petite visite. On passe la nuit à la ferme et j'te ramènerai demain midi au ferry de Tanger-Med. J'aurai bientôt besoin d'toi pour une très grosse commande. T'es maintenant des nôtres, t'as gagné le respect en tuant cette taupe hollandaise. Je n'comprends pas, on travaille avec les Pays-Bas depuis six mois. J'vais aviser mes autorités. Pas un mot sur ce fâcheux incident.

Malgré cet arrière-goût de sang dans la gorge, l'infiltré joua son rôle à la perfection, ne sachant où il puisait la force pour passer outre l'émotion d'avoir tué. Ça devait faire partie du job, Blanco lui avait narré avoir abattu deux personnes lors d'une fusillade dans un ghetto guadeloupéen, mais il vivait avec ça, sans rien laisser paraître : « *la mission doit rester prioritaire sur le reste* ». C'est ce que mettait brillamment en application son élève.

Le lendemain, dans le train du retour, entre deux sommeils parasités par les images de l'exécution, Kamel transmit un message à Yacine : « *Salam aleykoum, je passe te voir demain* ». Auquel le caïd répondit : « *ok, frérot, t'as géré comme un chef, respect !* ». Sans doute que l'info, qui ne devait pas filtrer, avait fuité, via le téléphone arabe.

Blanco attendait avec impatience la réapparition de son poulain ressuscité. Il fit, mille fois, les cent pas sur son parquet qui n'en finissait plus de craquer sous le poids de l'anxiété. Nerveux, le commandant le fut pour la première fois de sa carrière. Quel Kamel allait-il retrouver après une telle épreuve ? Il était rapidement fixé, lors des retrouvailles intenses, surtout du côté de Blanco, qui avait l'impression de revoir son fils, rentrant de guerre. Kamel fut nettement moins expressif, Blanco le remarqua aussitôt et relâcha l'étreinte. Le p'tit du neuf trois venait de prendre dix à vingt ans dans le buffet, complètement étranger au jeune élève officier, recruté six semaines auparavant. Il avait l'apparence du flic aguerri, son visage présentant les stigmates du guerrier expérimenté. Le commandant n'avait jamais constaté une telle évolution comportementale, en aussi peu de temps, chez quiconque, excepté après sa propre expérience sanglante. C'est d'ailleurs Kamel qui mit fin au climat trop pesant.

---Tu en fais une tête, Blanco ? On se boit un coup ?

Le comportement de Kamel inquiéta le commandant, dans la mesure où il ne fit aucune allusion à l'exécution, narrant froidement l'évolution de l'enquête.

---Cette fois, on y est, Blanco, tous les éléments du puzzle sont assemblés. *Le Chérif* m'a confié avoir bientôt besoin de moi pour une grosse livraison. On va pouvoir serrer tout le monde en « *un coup de cuillère à pot* », comme tu le dis si bien. (Sourire forcé).

---Ok, p'tit…

Kamel lui coupa autoritairement la parole.

---Ne m'appelle plus p'tit, Blanco. Ça, c'était avant.

---Je comprends, Kamel. Pas de problème pour moi.

Blanco siffla nerveusement sa *Leffe,* avant de s'en resservir une seconde. Kamel en fit de même et partit vite se reposer dans l'espace qui lui était réservé. Pendant ce temps, Blanco en profita pour contacter son ex-dirlo.

---Mais, Blanco, que se passe-t-il ? Tu ne réponds plus ?

---Tout va très bien, Fred. Ce serait difficile d'aller mieux.

Le commandant lui décortiqua la composition du réseau, lui narra les livraisons des *Range Rover Sport* et *Touareg,* ainsi que les investigations menées par Kamel. Il tut plusieurs phases : la livraison du *Volvo XC90 ;* sa présence, avec Kamel, lors de l'identification et la localisation du *Chérif* et de la ferme de production ; puis, bien entendu, l'exécution du « trentenaire marocain », Blanco ne sachant pas encore qu'il s'agissait d'un douanier hollandais infiltré. Deux éléments sensibles restant à évaluer, Blanco prit les devants.

---Tout semble bien huilé pour mettre en place une livraison surveillée et démanteler la totalité du réseau, mais pas de trace de balance. Et, quid de l'implication des pouvoirs politiques marocains et hollandais ?

---Pourquoi tu t'intéresses à ça ? Ce n'est pas ce qu'on nous demande, Blanco. Il est juste question de frapper un grand coup dans ce trafic international de cannabis.

---J'ai bien compris, merci Fred. Mais il me semblait que, dès le départ, tu m'avais sollicité afin de protéger nos agents infiltrés détronchés par une ou plusieurs taupes ?

---C'est vrai, je te le concède. Mais, il ne s'agit pas de créer d'incidents diplomatiques qui pourraient nous revenir en pleine tronche. Si tu peux faire tomber le réseau que tu as évoqué, ça suffira amplement. Vois avec le juge pour le top départ d'une livraison surveillée et tiens-nous au jus.

---Je ne rends compte qu'à toi, c'est qui nous, Fred ?

---Façon de parler, Blanco. Je rendrai compte au Ministre ultérieurement. Tu n'as aucune inquiétude à avoir.

Après avoir raccroché, Blanco resta circonspect. Désormais, il n'était plus question de démasquer une taupe dans le réseau, d'autant que, d'après le récit de Kamel, seule l'histoire de la première balise avait généré un doute dans l'organisation. *A priori*, nul infiltré français ne pouvait être en danger, puisqu'il n'y en avait tout simplement aucun. Si Blanco avait reçu cette information dès le départ, il aurait décliné la proposition, son seul but étant d'assurer la sécurité de collègues en délicatesse. Mais, maintenant qu'il y était plongé jusqu'au cou, et que dire de sa recrue, il recevait pour instruction de ne pas s'occuper des autorités du Maroc et des Pays-Bas. Sûr que son ex-dirlo n'avait pas évoqué les véritables intentions, se souvenant d'ailleurs de sa remarque, lors de leur rendez-vous au *barbier qui fume* : « *C'est une mission ultraconfidentielle et capitale pour des raisons que je ne maîtrise pas totalement* ». Désormais, Blanco avait la certitude de s'être fait enfumer. Mais jusqu'à quel point ? Le connaissant, il ne resterait pas sans réponse. Il rendit compte, également partiellement, au juge d'instruction, pour qu'il bénéficie des mêmes éléments de langage.

Épuisé, Kamel dormit jusqu'au lendemain. Après le footing matinal avec Blanco, il se rendit chez Yacine, à Roubaix. L'ambiance étant aux antipodes de celle de leur dernière rencontre, le caïd n'hésita pas à s'afficher ouvertement avec lui, dans un restaurant de son fief.

---T'as assuré, *Le Parigot*. Tu fais partie des grands, maintenant. Je savais que j'pouvais t'faire confiance.

---Oh j'ai fait l'boulot, com'd'hab, Yacine, rien d'plus.

---Tu plaisantes ou quoi ? T'as buté une balance et t'as fait qu'le job ? T'es sérieux ? T'es une grosse pointure, mec !

Malgré les ordres du *Chérif* : « *ce qui s'est passé à Ketama, doit rester à Ketama* », cette révélation plus que gênante, pouvait peser lourd dans le cadre de l'opération en cours. À l'occasion de la contre-visite d'excuse de Karim de *Vogelzaad*, le Roubaisien savait, maintenant, que Kamel avait buté Sofiane, la taupe hollandaise. *Le Parigot*, essaya, tant bien que mal, d'infirmer l'info.

---J'ai buté personne. C'est quoi c't'histoire ?

---C'est pas grave, laisse tomber, *Le Parigot*. Maintenant nous passons aux choses sérieuses. Tu t'souviens, celles dont tu m'avais parlé, lors de notre sortie en Belgique ?

Avant son dernier voyage, Kamel lui avait reproché son manque d'ambition, pour qu'il monte en puissance, afin que le démantèlement du réseau soit encore plus probant. La prestation de Kamel, dans le massif du Rif, avait nourri la réflexion de Yacine.

---Karim m'a d'mandé de dealer une grosse quantité de *Kif* pour toute la France. Grâce à toi, j'vais devenir le plus gros du pays. J'veux qu'tu deviennes mon bras droit.

---Ouais, mais on doit régler un sérieux problème, Yacine. Tu n'm'as pas fait confiance. Tu savais, avant mon départ avec le *Volvo,* que Karim et *Le Chérif* doutaient d'ma loyauté. Vous m'avez pris pour une balance qui tapinait pour les *condés.* C'est grave ! J'ai failli m'faire buter !

---Karim a cru qu'on m'avait retourné le cerveau, j'ai été obligé d'rester dans la confidence, d'ailleurs le *XC90* n'était pas signalé volé, pour limiter l'risque. La pression est retombée, lorsque *Le Chérif* a eu la preuve qu'la caisse avait été balisée après ta livraison à Tanger-Med.

Kamel profita de la position inconfortable du caïd pour s'élever au rang, non pas de bras droit, mais d'associé. Ainsi, rien ne pourrait lui échapper, le coup de filet serait total. Il rentra, le torse bombé, chez le commandant, qui le félicita pour son parcours invraisemblable. Notamment pour l'altruisme dont il faisait preuve, se privant de ce qu'il avait de plus cher au monde, sa famille et la fierté de son père. Il le briefa quant aux incertitudes sur les véritables fondements de la mission. Kamel n'en fut qu'à moitié surpris, ayant acquis la certitude que le Maroc et les Pays-Bas travaillaient de concert dans ce réseau de résine de cannabis, via les plants de *Critikal*, et qu'aucun agent français n'avait pu être infiltré dans ce trafic. Cependant, conscients de cette ambiguïté, les deux flics étaient trop engagés pour faire machine arrière. Kamel avait, et à quel prix, brillamment fait son entrée chez les grossistes, puisqu'en contact direct avec Karim de *Vogelzaad* et la ferme de production de cannabis, via *Le Chérif*. Ces deux narcotrafiquants, pensant avoir fait le ménage, en supprimant Sofiane, misaient sur Kamel pour augmenter la cadence. En somme, quand bien même il s'était associé moralement à Yacine, son positionnement réel le plaçait un rang au-dessus, devenant le bras armé des deux parrains.

Informé, le juge d'instruction donna son feu vert au déclenchement d'une livraison surveillée, la fameuse « *LS* » dans le jargon judiciaire. Pour cette opération de grande envergure, Blanco sollicita, auprès de son ex-directeur et du magistrat, des moyens logistiques considérables, pour mettre en place la souricière. Leur réponse fut aussi brève qu'identique : « *il n'y en aura pas besoin, cette fois-ci. Poursuivez à deux et tenez-nous informés en temps réel* ». Un retour qui surprit les deux flics.

---C'est à ni rien comprendre, Blanco. On leur offre, sur un plateau, un ratissage au tamis fin, pourtant j'ai la nette impression qu'on nous coupe l'herbe sous le pied.

---Ouais, la diplomatie est un monde parfois obscur. On va insuffler le mouvement pour atteindre notre objectif et *advienne que pourra*. Allez, ce soir, on va prendre un bon bol d'air frais. Le déclenchement des hostilités va bientôt nous rattraper. Profitons-en pour passer du bon temps.

Ils relâchèrent la pression dans un restaurant huppé de la capitale des Hauts-de-France. Là, au moins, ils ne risquaient pas de se faire remarquer par la petite pègre, seuls les notables fréquentant cet étoilé. Un peu maladroit au début, Kamel, fidèle à son habitude, s'adapta remarquablement à l'ambiance singulière. Il est vrai qu'il avait connu pire situation à gérer. Alors que la dégustation battait son plein, Blanco reçut un appel de Caméa, l'avocate. Dans un premier temps, il voulut ne pas décrocher, pour ne pas gâcher ce moment privilégié avec son protégé, mais il se ravisa. Peut-être se trouvait-elle sur site ? Il décrocha, s'excusant auprès de son coéquipier.

---Où étais-tu passé, mon cher Commandant.

---Cet ersatz de *Beauvau de la sécurité* me prend toute la tête ! Ce n'est pas l'envie de t'appeler qui manquait.

Blanco était toujours indisposé par la présence des trois têtes de cannabis chez elle. Il aurait pu zapper l'appel, car, en fait, Caméa lézardait dans son loft lillois. Toujours aussi subtilement, la brillante avocate s'enjoua de la situation, gênant quelque peu le commandant.

---Mais de quelle envie parles-tu, Blanco ? (Rire).

---Je ne peux pas te parler, je t'appelle la semaine prochaine pour dîner. Bien entendu, tu seras mon invitée.

---Tu as vraiment des choses à te faire pardonner. (Rire).

Blanco raccrochant, Kamel continua à le brancher.

---Tu as bon goût, Commandant. Malgré des conditions délétères à Montereau, le charme de cette avocate ne m'avait pas échappé. Tu la connais depuis longtemps ?

---Non, quasiment avant de te recruter, c'est pour cette raison que j'ai plutôt négligé cette relation récente.

---J'espère que tu me la présenteras dans des circonstances plus à mon avantage, la prochaine fois ?

---Tu n'empiéterais pas sur mes plates-bandes, mon gars ?

---Loin de moi cette idée, Commandant, mais elle a peut-être une petite sœur à me présenter. (Clin d'œil).

Ce moment de légèreté leur permit de relâcher des nerfs mis à rude épreuve ces derniers temps. Ensuite, ils rentrèrent sagement chez Blanco, en attente du top départ, qui vint deux jours plus tard. Kamel reçut commande d'une livraison d'un *Porsche-Cayenne* et fit la route avec Leïla, dont le comportement fut à l'opposé de la dernière fois, puisqu'empreint d'un profond respect, teinté d'une once de crainte. *Le Parigot,* son surnom dans l'entourage de Yacine, était d'un seul coup propulsé au sommet de la hiérarchie. Pour preuve, dixit Yacine, à ses proches : « *lorsque vous vous adressez à moi, vous vous adressez au Parigot. Et vice versa* ». Bref, même process que pour le *Touareg,* excepté l'accueil respectueux de Karim. Le *Cayenne* était chargé en shit, Leïla ouvrit la route avec une flambante *Mini-Cooper S*, rouge et noire, en location. Quasi au même endroit que l'autre fois, elle lui évita un contrôle. Ils parvinrent sans encombre à Tourcoing pour y déposer la came. L'avertissement de Blanco trotta dans la tête du flic infiltré : « *n'oublie jamais qu'ils ne sont pas nés voyous, ne te laisse pas embarquer par un quelconque attachement* ». Un « auto rappel » à l'ordre nécessaire, car, au moindre faux pas, ils n'hésiteraient pas à le fumer.

Il se reposa chez Yacine, avant de prendre la direction d'Algésiras, vers 2 heures du mat. Malgré une vitesse ahurissante, Kamel ne cessa de repenser à cette route qu'il empruntait tous les trois ans, lorsqu'en famille, il retournait au bled, serré comme une sardine dans la camionnette familiale surchargée. Et, quelques années plus tard, il circulait, seul, sur le même itinéraire, à bord d'un luxueux bolide, le doux parfum des vacances laissant place à la dure réalité de cette affaire d'entrisme. Pour ne pas perdre sa concentration, il s'interdit de trop replonger dans ces périodes d'insouciance, d'autant que ses proches lui manquaient cruellement. À midi, il remit l'enveloppe au flic espagnol, qui lui facilita le passage au ferry, et fut accueilli, moins de deux heures après, par *Le Chérif*, au port de Tanger-Med. À sa grande stupéfaction, il fut convié, dans le bureau du Lieutenant-Colonel, à une réunion décisionnelle, à laquelle assistaient les quatre fossoyeurs de Sofiane. Kamel, surnommé, aussi ici, *Le Parigot*, fit l'objet d'un grand respect de la part de ses hôtes, ayant même son mot à dire sur l'organisation de l'opération. Désormais, plus rien ne pouvait lui échapper. Blanco pouvait être fier de son désormais ex-élève, devenu son véritable coéquipier. L'ex-p'tit avait pris vingt ans, éclipsant, d'un seul coup, la différence d'âge avec son mentor. Ils parlaient déjà le même langage, se comprenaient d'un seul regard. Kamel en oubliait presque le manque familial, comme si sa nouvelle famille était son nouveau métier de flic et le commandant Blanco.

Le *meeting* terminé, *Le Parigot* fut convié à la table du *Chérif*, dans la somptueuse villa de Ksar-Sghir. Lui, qui de ses jumelles, en admirait l'extérieur, put en apprécier le luxueux intérieur. Le lieutenant-colonel le prit rapidement sous son aile. Kamel déguisa parfaitement sa gêne, accueilli comme un membre de la famille, alors qu'il représentait le ver dans le fruit, persuadé que *Le Chérif* vivait l'un de ses derniers moments de liberté avec ses deux filles et sa femme. D'ailleurs, dans le regard de celle-ci, Kamel perçut que sa présence l'indisposait. L'intuition féminine aidant, elle le fixa régulièrement pour jauger ses réactions. Il répondait par des sourires courtois, teintés d'une timidité forcée. Ce qui lui mit le doute, pensant que c'était une marque de respect envers son mari. Le flic français échappa avec brio à la suspicion de la maitresse de maison, qui ne s'adressa qu'aux servantes. *Le Chérif* mit un terme au copieux repas, par la dégustation du thé traditionnel, et invita Kamel à rejoindre ses quartiers, afin d'aborder, dès l'aube, un lendemain haut en couleur.

L'infiltré parvint à passer un coup de fil discret à Blanco. Le commandant avait certainement le rôle le moins risqué, mais, pour sûr, le plus ingrat, celui de l'entraineur frustré sur son banc, pour qui une nouvelle nuit blanche s'annonçait. Un sommeil perturbé qu'allait, sans le savoir, connaître son poulain. Mais, pour une raison beaucoup plus agréable que celle de son mentor.

En effet, lorsque Kamel prit possession de sa chambre, il eut l'heureuse surprise d'y trouver, allongée sur son lit, totalement dévêtue, l'une des servantes du dîner. Le taulier avait remarqué les échanges de regards complices entre les deux jeunes. Discrètement, il avait donné congé à la ravissante Marocaine, qui s'était fait une joie de garnir la suite du charmant visiteur. Kamel, manquant cruellement d'expérience en la matière, du fait de son mode d'éducation, c'est la jolie Djamila qui prit l'initiative. Elle le déshabilla avec adresse, tandis qu'il focalisait sur la beauté naturelle de sa partenaire. Il posa ses mains hésitantes sur sa peau soyeuse, humant son doux parfum oriental. Ses caresses, plus précises, déclenchèrent de véritables frissons sur le corps sensuel de la jeune fille. Fidèle à sa capacité d'adaptation, Kamel prit les rênes, posant tendrement ses lèvres sur celles de Djamila. Le baiser devint plus langoureux. Impatients, ils goûtèrent en même temps au fruit de l'autre. Kamel se délecta du nectar aux senteurs de miel de la délicieuse Orientale, tandis qu'elle apprécia la virilité de son cavalier. Le moment devenant trop intense, Djamila offrit timidement son entrejambe. Habilement, elle fit comprendre à Kamel qu'il s'agissait de sa première fois. Plongeant son regard dans ses yeux vert émeraude, s'assurant qu'ils n'exprimeraient de souffrance, il put, ainsi, s'emparer délicatement de sa virginité dans un bonheur à la fois tendre et intense de partage. Leur jeunesse leur permit de s'unir plusieurs fois dans la nuit. La jolie Djamila s'endormit sur le torse musclé de son partenaire, qui trouva le sommeil, le visage rêveur.

Le charme fut interrompu, lorsqu'à 5 heures frappantes, *Le Chérif* cogna à la porte de son invité.

---On lève le camp dans cinq minutes ! Départ pour Ketama ! Fini la rigolade, on a du taf !

En deux temps, trois mouvements, Kamel fut prêt pour l'assaut, ce qui ravit le lieutenant-colonel.

---Une armée de gars comme toi et je conquiers le monde !

Juste le temps pour le flic infiltré d'apercevoir le doux visage de sa partenaire, en partie voilé derrière les rideaux de sa chambre, qu'il prit le volant du pick-up *Toyota*. Ce qui rompit brutalement les douces pensées du jouvenceau. La dure réalité le rattrapa au vol et le goût de sang s'empara de sa gorge. Il s'agissait du dernier véhicule conduit par le « trentenaire marocain », qu'il avait dû abattre. Ce difficile souvenir eut tout le mérite de le replonger dans sa mission, en oubliant, sur le champ, la grâce de cette nuit. *Le Chérif* ouvrit la route, en direction de la ferme de Ketama, à bord du *Cayenne* hollandais, aussitôt suivi par *Le Parigot*. Les deux véhicules étaient chargés en sacs *Vogelzaad*, eux-mêmes remplis, non pas de graines pour oiseaux, mais de plants de *Critikal*. Le portable sur les genoux, Kamel put s'entretenir avec le commandant Blanco, qui ne cessa de lui prodiguer de précieux conseils. Ce flic aguerri n'en revenait toujours pas de l'évolution du p'tit. Lui, qui avait bataillé plus d'une quinzaine d'années pour obtenir le surnom de *Blanco* ; Kamel l'avait obtenu en quelques semaines. *Le Parigot* était une reconnaissance, même s'il avait été obtenu pour bons et loyaux services du côté opposé. Quoi qu'il en soit, le surnom n'avait de valeur que s'il était émis par le milieu. Blanco était encore plus fier de sa recrue.

Trois heures plus tard, *Le Chérif* et *Le Parigot* arrivèrent à la ferme de production et de transformation du cannabis. L'activité qui s'y déploya, permit à l'infiltré de zapper l'épisode de l'exécution. Les deux véhicules militaires étaient chargés de « valises marocaines ». Tant de ballots, qu'il était impossible de les comptabiliser. Peut-être vingt, trente tonnes. Les ouvriers agricoles, obéissant au doigt et à l'œil du *Chérif*, délestèrent le *Toyota* et le *Cayenne* de leurs sacs *Vogelzaad*, pour les remplacer par des lots de résine de cannabis. Ne constatant jamais la présence du propriétaire du site, Kamel se risqua à une question indiscrète, auprès du flic marocain.

---Qui est le patron de l'exploitation, *Le Chérif* ?

L'ayant définitivement adopté, il lui répondit, non sans une certaine pointe d'humour...

---Toujours aussi curieux à c'que j'vois, *Le Parigot*. Ta folle nuit ne t'a pas désorganisé les neurones. (Rire).

...avant de répondre plus sérieusement.

---Il a disparu. Disons que le Régime a sans doute fait usage de son droit de préemption. (Sourire).

Quatre heures plus tard, cette armada pénétra dans la base militaire navale de Ksar-Sghir. Le même voilier néerlandais, celui qui avait pris en charge les dernières « valises marocaines », à cet endroit, attendait toutes cales béantes, le capitaine et ses deux moussaillons ayant déjà déposé un monticule de sacs *Vogelzaad* sur le quai. La chaîne humaine, constituée des trois marins et d'une dizaine de militaires, chargea l'embarcation d'un nombre impressionnant de ballots de shit. Tentant de mettre la main à la pâte, Kamel fut stoppé par *Le Chérif*.

---Non, compte, *Le Parigot* ! Ce qui part d'ici, devra arriver à Amsterdam. T'es responsable de la cargaison. J'espère que t'as pas le mal de mer ? Tu prends l'bateau avec eux. Si l'un bouge, n'hésite pas à l'fumer.

Les deux flics français n'auraient imaginé, quelques semaines plus tôt, bénéficier d'une livraison surveillée aussi favorable, Kamel remplaçant sans doute Sofiane, au pied levé. Le commandant avait rapidement calé la « *LS* » avec le juge d'instruction. Le transport devait être suivi jusqu'à l'entrepôt tourquennois. Malgré sa requête, Blanco s'agaça du rejet que chaque branche de distribution du réseau français, ne soit interpellée par les brigades stups parisiennes et lilloises. Les Institutions police et justice prétextèrent mettre les *narcos* en confiance pour frapper plus aisément lors de la seconde opération. Blanco reçut un appel de son poulain, juste après qu'il prit la mer. Maintenant, il suffisait de suivre l'itinéraire, au moyen de la géolocalisation de son téléphone. Au rythme du voilier, légèrement boosté par les moteurs, les deux coéquipiers purent s'entretenir quotidiennement.

La vie à bord parfaitement rodée, Kamel n'avait pour seule mission que la surveillance de l'équipage, le capitaine néerlandais de soixante ans ne donnant pas l'air de vouloir la jouer à l'envers. *Le Parigot* fut surpris de l'étonnante sérénité affichée, malgré les tonnes de cannabis transportées. C'était sans savoir que ce skipper avait été recruté par les douanes hollandaises. Percevant une forte rémunération « non imposable », il avait accepté ces transports pour terminer confortablement sa carrière de marin, assuré par ses recruteurs de ne pas être inquiété pour ces commandes officielles. *A contrario*, les deux matelots, repris de justice, bénéficiaient d'une libération conditionnelle, en échange du service rendu. Kamel sentit immédiatement que ces deux trentenaires hollandais avaient un lourd vécu carcéral. Tous deux n'en revenaient toujours pas d'avoir recouvré cet ersatz de liberté, en convoyant de la résine de cannabis pour les autorités de leur propre pays. Plus conscients des risques encourus, leur attitude était moins fluide que celle du capitaine.

Le quotidien idéalement huilé, le skipper gérait la navigation, relayé, parfois, par l'un des moussaillons, l'autre s'occupant de cuisiner. Ne parlant français, ils comprenaient les intentions de Kamel, dont le pistolet automatique, remis par *Le Chérif*, ne quittait jamais sa ceinture. *Le Parigot* gardait, en permanence, la *kalachnikov* en bandoulière. Le « *pitaine* » et le flic infiltré communiquaient parfois en anglais, même si Kamel imposa des distances. Moins il parlait, moins il s'exposait. Ainsi, le quatuor voyageait paisiblement à destination du port d'Amsterdam, malgré un chargement inhabituel de mille quarante « valises marocaines », soit un poids total de vingt-six tonnes. Kamel avait eu la lourde tâche de les comptabiliser et d'en remettre le décompte au *Chérif*.

Par chance, la mer était relativement calme. Après quelques *miles* de navigation, Kamel épousa le pied marin. Ces moments de relative quiétude virent lui rappeler l'humiliante sortie d'école de police, la douloureuse séparation d'avec ses parents et, surtout, l'épisode dramatique de l'exécution dans le massif du Rif. Il effaça ses pensées noires par le délicieux souvenir charnel vécu avec la splendide Djamila. Il piaffait d'impatience de révéler la véritable situation à sa famille. Une esquisse de sourire, empreinte de fierté, se dessina sur son visage creusé, savourant déjà le moment où sa mère le serrerait dans ses bras, tandis qu'il croiserait le regard fier, teinté de pudeur, de son père.

L'instant tant attendu avançait à grands pas. Mais les plans établis allaient être totalement chamboulés.

6- Vice caché.

Après plusieurs jours de navigation, l'ambiance sur le bateau était presque des plus paisibles. Aucun incident à déplorer, le plus alerte restant tout de même Kamel, qui maintenait une surveillance plus dirigée envers les deux matelots. Le voilier avait longé, sans entrave, la côte Atlantique. Mais en pleine nuit, alors qu'il quittait la Manche pour entrer en Mer du Nord, le capitaine fut ébloui par de puissants phares provenant de deux bateaux et assourdi par leurs sirènes hurlantes. Le trio, qui dormait profondément, fut réveillé en sursaut, dans ce halo de lumière bleutée et les bruits stridents des avertisseurs sonores. Des hommes armés firent irruption sur l'embarcation et braquèrent les quatre marins. Kamel reconnut immédiatement les douanes françaises. Sa seule inquiétude résida dans le fait que ses armes étaient apparentes. Pour éviter de se faire descendre bêtement, il leva les mains et fut aussitôt neutralisé par un duo de douaniers. Les trois marins furent également menottés et plaqués au sol. Le chef du dispositif les avisa qu'ils faisaient l'objet d'une mesure de rétention douanière pour trafic international de résine de cannabis. Le trio batave perdit un peu de sa superbe, même s'il sembla garder une lueur d'espoir. Ils espérèrent qu'il s'agissait du plan établi par les recruteurs néerlandais, en accord avec les autorités françaises, pour mettre à mal les narcotrafiquants marocains. Idem pour le flic infiltré qui, excepté cette interception lui paraissant trop précipitée, déclencha le téléphone de Blanco, pour qu'il prenne connaissance des faits en direct. Le réveillant à 3 heures du mat, le commandant crut cauchemarder.

---C'est quoi ce bordel, Kamel ? Que se passe-t-il ?

Bien entendu, le flic infiltré ne fut pas en mesure de répondre, son téléphone venant d'être éteint par un douanier. Blanco appela, *illico presto*, son ex-dirlo et le juge, qui ne répondirent pas. Si Kamel ne s'inquiéta pas davantage, pensant que cette stratégie avait été réalisée de concert entre les autorités françaises et son mentor, ce dernier, *a contrario*, hurla sa colère. Sûr qu'il ne trouverait plus le sommeil, jusqu'à ce que ses deux contacts daignent le rappeler. Ses neurones s'entrechoquaient. S'agissait-il d'une intervention aléatoire des douanes françaises ? Enquêtaient-ils aussi sur cette affaire ? Ou les autorités avaient-elles décidé de procéder ainsi, sans l'avertir ? À choisir, il préférait la première hypothèse. À savoir, que cette interception soit juste un contrôle de routine des « gabelous », comme il se plaisait à les nommer ; surnom venant de l'Ancien Régime, à l'époque où les douaniers étaient chargés de collecter la *gabelle*, l'impôt sur le sel.

Pendant que Blanco pestait son exaspération, Kamel et le trio batave furent débarqués au port de Calais. L'infiltré, par souci de réserve, ne prononça aucun mot. Ils pénétrèrent dans les locaux des douanes et furent immédiatement séparés dans des cellules distinctes. Le jeune flic s'impatienta et demanda à parler au responsable. Il n'obtint cette faveur que vers 8 heures.

---Vous savez qui je suis et ce que je fais ?

---Je ne suis pas là pour savoir qui vous êtes ou ce que vous faites. Je suis ici pour comptabiliser la marchandise.

---Mais c'est une blague. Vous n'avez pas été contacté ?

---Vous rigolez, jeune homme. Je ne pense pas que quelqu'un se paye le culot de nous appeler sur une affaire de vingt-six tonnes de résine de cannabis. Vous sortez d'où ? Moi, je fais mon job, le reste ne m'intéresse pas !

Cette affaire d'entrisme commençait à peser lourd pour Kamel. Après le choc d'une garde à vue, l'humiliante sortie d'école, l'expulsion du domicile de ses parents, l'exécution dans le massif du Rif, il était maintenant en rétention douanière pour un trafic de shit et allait être transféré à la brigade des stups de la PJ de Paris. Il espéra que son cauchemar s'arrête et que Blanco vienne le sortir du pétrin. Il s'étonna, d'ailleurs, qu'il ne l'ait pas prévenu de cette interpellation. Auquel cas, comme lui, il espéra qu'il s'agissait d'un pur contrôle aléatoire des douanes et que, dans le cadre de la *LS*, le juge d'instruction interviendrait rapidement pour l'élargir.

Il passa quarante-huit heures en rétention douanière à Calais, avant d'être placé en garde à vue à Paname. Pendant ce temps, le commandant Blanco déboula dans le bureau parisien de son ex-directeur, qui ne lui avait finalement répondu que le lendemain de l'interpellation et prié de lui rendre visite à Paris, évitant la discussion téléphonique. Fred, voyant l'entrée fracassante du commandant, prit aussitôt les devants.

---Du calme, Blanco. Je vais tout t'expliquer. Assieds-toi.

Impossible pour ce flic de s'asseoir et d'écouter calmement son interlocuteur. Il marchait en long, en large et en travers, dans le bureau feutré, tandis que Fred n'en menait pas large, dans son grand fauteuil au cuir vieilli.

---Où est passé mon gars ? Qu'en avez-vous fait ?

---Il est toujours à Calais et va être mis à la disposition de la brigade des stups à Paris.

---Pourquoi avez-vous serré le voilier aussi tôt ?

---Sincèrement je ne le sais pas. Tu penses bien que si j'en avais été informé, tu aurais été le premier avisé.

---Mais tu sers à quoi ? Je ne comprends pas ton rôle, là !

---Parle moins fort, Blanco, les murs ont des oreilles, ici.

---Pourquoi es-tu venu me chercher ? Il n'y a jamais eu de collègue infiltré dans ce réseau. Donc, personne n'était en danger. Une dernière fois, pourquoi m'as-tu démarché ?

---Ma version n'a pas changé, Blanco. C'est toujours à la suite de la discussion avec le Ministre de l'Intérieur.

Blanco frappa un grand coup sur le bureau, faisant sursauter son ex-taulier, et l'avisa froidement.

---Eh bien, on va aller le voir, ce très cher Ministre.

---Mais, Blanco, ça ne se fait pas comme ça. Tu te doutes que je l'ai appelé immédiatement après ton coup de fil.

---Et alors ? Qu'est-ce qu'il t'a répondu ?

---Il m'a dit que ta mission se terminait là et de te faire part de toute sa gratitude pour l'efficacité dont tu as fait preuve pour permettre cette prise sans précédent.

Blanco hallucina, une prise sans précédent ! Foutage de gueule ! Malgré son rejet pour la matière, il s'était investi dans cette affaire et avait plongé sa recrue dans ce traquenard. Non seulement, aucun infiltré français n'était en danger, mais, de surcroît, il avait jeté aux loups le jeune Kamel. Blanco ne lâcha pas la pression.

---Tu te doutes que ça ne va pas se passer comme vous le croyez ? Je vais mettre à jour les véritables intentions des autorités. C'est encore plus pourri que je ne le pensais. Entre les Pays-Bas et le Maroc, qui alimentent le réseau en résine de cannabis à base de *Critikal*, voilà que la France joue aussi un rôle obscur. Je vais mettre tout ça à plat.

---Tu devrais rester à ta place, Blanco, conseil d'ami.

---Et des menaces, maintenant ? Vous allez voir !

---Sois raisonnable, Blanco. En tout cas, ne fais rien sans en aviser le Juge d'instruction. En ce qui me concerne, on m'a fait savoir que ma partie se terminait également.

---Oh, je vois que tu es devenu un bon petit soldat, Monsieur le Directeur. Bravo ! Toutes mes félicitations !

Après l'avoir avisé qu'il pouvait oublier définitivement ses coordonnées, le commandant claqua la porte du bureau, faisant trembler l'enceinte de cette annexe du ministère de l'Intérieur. Il prit immédiatement la direction du Palais de Justice, pour obtenir l'explication du magistrat mandant et, surtout, connaître le sort réservé à son poulain. Sa colère augmenta encore, lorsque le greffier le convia à se représenter dans deux jours. Son sang ne faisant qu'un tour, il força la porte de l'office.

---Comment ça, dans deux jours ? Vous plaisantez, j'espère ? Que s'est-il passé ? Où se trouve mon gars ?

---Vous avez tendance à tout vous approprier. On m'avait bien prévenu. L'agent infiltré appartient à l'État...

À deux doigts de l'emplâtrer, Blanco l'interrompit.

---Le p'tit est sous ma responsabilité ! Est-ce que vous comprenez ça, Monsieur ? Et on vous a prévenu de quoi ?

---Baissez d'un ton, Commandant. Pour l'instant, il est sous la responsabilité de l'O.P.J. qui l'a placé en garde à vue, donc sous la mienne, puisque je suis le Juge.

---Croyez-moi, ça ne va pas se passer ainsi, vous verrez !

Blanco claqua la porte du bureau. Il devait décortiquer l'affaire, pour mieux protéger Kamel. De retour à Lille, il prit une douche glacée, pour se rafraîchir les idées : « *tu dois tout reprendre à zéro. Un détail doit t'échapper. Le p'tit a besoin de toi* ». Arpentant le moindre centimètre carré de son loft, il reprit l'affaire depuis les sollicitations de son ex-dirlo, ayant uniquement accepté cette mission de trafic de stups, du fait d'agents infiltrés en danger. Les coudées franches, il recrutait Kamel à l'école d'officier de police, pour l'insérer dans le réseau ciblé par les autorités françaises. En quelques semaines, le duo de flics mettait à jour ce réseau international de résine de cannabis et de trafic de voitures, entre le Maroc et les Pays-Bas, et démontrait l'implication, à un très haut niveau, des deux pays. Les deux principaux narcotrafiquants étaient identifiés, Karim de *Vogelzaad* et le lieutenant-colonel marocain, alias « *Le Chérif* ».

Pourtant, la première incartade intervint, lorsque le commandant Blanco demandât la mise en place d'une souricière, pour interpeller les branches de distribution dans l'hexagone. Il recevait un premier revers des autorités françaises : « *poursuivez la cargaison jusqu'aux entrepôts de Tourcoing et contentez-vous de nous tenir au courant de l'évolution de la livraison surveillée* ». Surprenant, puisque la neutralisation de l'ensemble du réseau sur le sol français était assurée. Resterait, ensuite, à engager une opération internationale de grande envergure pour porter l'estocade au Maroc et aux Pays-Bas. Et cette phrase de son ex-directeur, qui aurait dû lui mettre la puce à l'oreille, précisant qu'il ne maîtrisait pas tous les éléments. Pour le connaître suffisamment, quand bien même il lui en tint rigueur, Blanco savait que son ex-dirlo avait aussi servi de pantin. Seul le juge d'instruction était susceptible de lui communiquer les vraies raisons de l'interpellation trop hâtive. À moins que ? Blanco stoppa net ses pas.

À la recherche du moindre détail, le seul évènement notoire intervenu au moment de la sollicitation du directeur de Paname, était la rencontre avec l'avocate, Caméa. C'était peut-être l'angle d'attaque que Blanco devait exploiter, pour trouver le maillon manquant de cette mascarade. Jouait-elle un rôle essentiel dans le cadre de cette affaire ? Blanco ne cessait de ressasser, depuis sa soirée endiablée chez elle, la présence stupéfiante des trois têtes de cannabis dans le frigidaire de son hôte. À l'évidence, elle semblait bien cacher son jeu. D'apparence sportive, son corps parfaitement sculpté ne permettait le moindre doute ; s'alimentant sainement, à en voir la composition des aliments dans son frigo ; ne fumant pas, son teint de peau, la texture de ses cheveux, le bout de ses doigts et la couleur de ses dents, n'en présentant aucune trace ; très en place intellectuellement, sa réputation dans le circuit judiciaire, plus à démontrer, avait dépassé la frontière des Hauts-de-France ; et que dire de sa vivacité d'esprit. Si elle appréciait une bonne coupe de champagne ou un bon verre de vin, elle n'en abusait pas. Pourtant, pour le flic invétéré, la présence du cannabis dans ce pot, tendait à indiquer le contraire.

Et si cette rencontre au tribunal, lors du jugement du caïd du trafic auto levé par Blanco et ses hommes, avait été provoquée par les autorités pour que Caméa, le conseil du condamné, persuade le commandant d'accepter la mission proposée et, éventuellement, utiliser son client, d'origine chérifienne, pour la procédure d'entrisme, eu égard à son influence dans le trafic de cannabis avec le Maroc ? L'administration connaissait-elle le commandant au point d'anticiper sur le fait qu'il tomberait sous le charme de cette brillante actrice du système judiciaire ? Ce n'est pas impossible, d'aucuns lui connaissant ce penchant pour la gent féminine. Mais ce qui demeurait improbable, pour ce vieux briscard de Blanco, était qu'il ait pu se faire manipuler par tout ce petit monde, sans s'apercevoir d'une quelconque action de jeu. Si c'était réellement le cas, alors l'avocate avait survolé les débats comme jamais. Le commandant devait en avoir le cœur net pour ne commettre aucun impair qui serait de nature à nuire au devenir de Kamel. Sa stratégie devait se réaliser en finesse pour ne rien révéler de ce qu'il put deviner de cette possible hypothèse de manœuvre.

Mine de rien, il prit attache téléphonique avec elle. Ils convinrent, pour le lendemain, d'un déjeuner au *Soleil d'Agadir*. Bizarrement, à peine raccroché, son ex-dirlo l'appela, se défendant d'avoir été magistralement manipulé par le système : « *sans doute pour raison d'État* » avait-il murmuré. Ce contact était-il consécutif à l'appel précédent ? C'était encore une supposition. Ce dont Blanco pouvait être certain, à ce stade, était que sa recrue se trouvait en bien fâcheuse posture.

Comme annoncé par le juge, Kamel fut placé en garde à vue par un capitaine de la brigade des stups de Paris. L'unique audition fut, pour le moins, très brève.

---Tu ne veux pas parler, jeune ? C'est ton droit, mais tu ferais mieux de demander l'assistance d'un avocat.

---J'attends d'être déféré devant le Juge d'instruction. C'est plus la peine de me sortir de geôle, je ne dirai rien.

Le contact avec le service des stups était rompu, avant même qu'une discussion n'ait pu s'engager. À l'évidence, les flics parisiens ignoraient toute affaire d'entrisme et Kamel fit preuve de métier, en ne dévoilant absolument rien de son rôle d'infiltré. Mais, la prolongation de garde à vue se réalisant par visioconférence, il ne vit le juge qu'au déferrement et fit appel à Caméa pour l'assister. L'avocate appela le commandant Blanco, malgré l'heure tardive.

---Encore moi, Blanco. Je ne pourrai honorer notre rendez-vous de demain, je dois descendre, tout de suite, sur Paris.

---Mais, Caméa, il est plus de 23 heures ?

---Tu ne me croiras pas, Blanco, c'est ton jeune de Montereau qui me sollicite pour sa présentation devant un Juge d'instruction. Apparemment, il est dans de sales draps ton coco, il s'agit d'une grosse affaire de stups.

Blanco, qui voulait exploiter cette source, était servi sur un plateau. Il était logique que Kamel fasse appel à elle. S'il la connaissait déjà, c'était aussi l'amie du commandant. Par ce biais, il savait qu'il rétablirait, indirectement, le contact avec lui. Décidément, l'ex-p'tit gérait parfaitement toutes les situations.

Dans le quart d'heure, les deux amants d'un soir prirent la route de Paname. Blanco, au volant, attendit que l'avocate prenne la parole, pour ne pas lui mettre la puce à l'oreille sur ses réelles intentions. Comme espéré, c'est elle qui ouvrit le bal, le questionnant soupçonneusement.

---C'est bizarre, Blanco. Tu m'appelles ce soir et, dans la foulée, ton Kamel fait appel à mes services. Drôle de coïncidence tout de même, tu ne trouves pas ?

---Pure coïncidence, comme tu dis. En tout cas, le gars à qui j'ai rendu service, pour l'affaire de Montereau, ne m'a pas sollicité, cette fois. Le jeune a dû flasher sur toi.

---Tu ne serais pas un peu jaloux ? (Sourire).

Parasité par la situation inconfortable de son poulain, Blanco devait masquer son embarras et tout signe de nervosité. Il répondit légèrement et habilement.

---Oh, il y a peut-être un peu de ça. (Sourire charmeur).

Tous deux semblaient jouer au chat et à la souris, chacun soupçonnant l'autre d'une quelconque stratégie.

Caméa ne s'en laissa pas compter et poursuivit son interrogatoire subtilement déguisé. Mais en vain, le vieux briscard, bénéficiant de quelques années de carrière en plus, ne laissa rien paraître de son objectif. Au final, ils ne parlèrent plus que de sujets généraux, pour n'aborder que, pudiquement, leur soirée torride. L'essentiel, pour le commandant, résidait dans le retour de Caméa sur le contenu de son entretien avec Kamel, dont elle ressortit plutôt rapidement, à peine trente minutes plus tard.

---C'est déjà terminé, Caméa ?

---Comme tu vois, Blanco. Je ne sais pas pourquoi il a fait appel à mes services. Il est resté muet comme une carpe. Bizarrement, il affichait une attitude aussi illisible que normale, malgré le risque d'une grosse peine encourue.

---Tu penses qu'il va être placé sous contrôle judiciaire ?

---Tu rigoles, il s'est fait serrer avec vingt-six tonnes de résine de cannabis. C'est la détention provisoire assurée. Le Juge et lui n'ont pas été bavards. C'est une affaire étrange. Pourquoi t'intéresses-tu autant à ce gars, Blanco ?

---Pour rien, juste par curiosité professionnelle. Puis au cas où mon contact reprendrait attache avec moi.

Blanco n'était pas plus avancé quant à l'éventuel rôle que pouvait jouer Caméa dans cette partie de poker menteur, d'autant qu'elle manifesta un réel agacement d'avoir fait le déplacement pour si peu. Ce n'était pas non plus de cette manière qu'il en saurait davantage sur les dessous de l'affaire. Le seul élément positif, bien qu'étonnant, était le futur lieu de détention de Kamel, au centre pénitentiaire de Lille-Annœullin, où était incarcéré le client de Caméa. Sur le trajet du retour vers Lille, Blanco était plutôt silencieux, ce que lui fit remarquer l'avocate.

---Tu n'es pas bavard, Blanco. Une contrariété ?

Sachant qu'il ne pouvait parler de ce qui le chagrinait réellement, il lui répondit de manière à extérioriser son mal-être, via cette pseudo analyse sur le *Beauvau de la sécurité*, tout en taisant l'irracontable.

---Non, excuse-moi, Caméa. C'est ce dossier sur la sécurité que je dois rédiger dans les plus brefs délais qui me prend la tête. Je n'aurais jamais dû accepter cette mission. Il aurait mieux valu que je me casse une jambe, ce jour-là.

---Tu veux que je te donne un coup de main, Blanco ?

---Merci, c'est gentil, Caméa. Mais je me demande si ces gens méritent vraiment qu'on donne autant de soi. Va savoir ce qu'ils vont encore faire de mes investigations ?

---Je ne te savais pas aussi aigri. Il s'est passé quelque chose d'anormal, depuis notre dernière rencontre ?

---Non, ne fais pas attention. C'est ce système vicié que je ne supporte plus. Ça sent la fin de carrière, rien de plus.

Caméa, devant le désarroi du commandant, tenta de détendre l'ambiance, d'une pointe d'humour.

---Mon trafiquant de voitures et moi-même aurions apprécié que tu y penses plus tôt. (Rire). Bon, on passe à la maison et on s'ouvre un grand *Châteauneuf-du-Pape* qui attend d'être savouré, depuis presque trois décennies.

---Tu as raison, Caméa. Tirer la tronche ne changera rien.

Blanco, après une petite dose de sophrologie, arriva dans le Vieux-Lille beaucoup plus décontracté. De toute façon, il aurait bientôt des news de son poulain, qui prenait, lui aussi, la direction de la capitale du Nord. Au pied de l'escalier de son immeuble, Caméa osa la plaisanterie, ce qui redonna le sourire à Blanco et lui fit oublier, momentanément, les soupçons envers elle.

---Je te précède, mais n'en profite pas pour te rincer l'œil.

---Je dois t'avouer ne pas être assez fort mentalement, pour ne pas en profiter. (Clin d'œil charmeur).

Il put se délecter de l'envoûtant déhanché de sa coéquipière d'ascension, lui rappelant leur première soirée. Il tomba son perfecto sur le fauteuil en cuir et s'installa aisément dans le canapé. Fermant les yeux quelques instants, il revit les délicieux instants érotiques vécus avec son habile cavalière. Lorsqu'il releva les paupières, Caméa lui tendit un verre de vin pour trinquer.

---À notre santé, aux bons moments, si rares de nos jours.

---C'est bien vrai. À la tienne, Caméa.

À la première gorgée de ce *Châteauneuf-du-Pape* de 1989, Blanco ne put s'empêcher de comparer sa charmante partenaire, au somptueux vin à la robe rubis, aux notes de fruits rouges très intenses et puissantes, mais fines, dont le bouquet développa de superbes arômes épicés, auxquels se marièrent des notes animales. En bouche, l'attaque fut puissante, dense, charnue, aux tanins fermes, mais nobles. Enivré par l'alliance du grand vin et de sa délicieuse cavalière, il lui glissa la main dans la nuque et continua à l'embrasser délicatement. L'avocate s'abandonna littéralement. Cette fois fut différente de leur première aventure, ni l'un ni l'autre n'essayant de prendre l'ascendant. L'union charnelle prit le pas sur le reste, sans doute que l'état psychologique du commandant favorisa le partage, à la possession. L'intuition féminine de Caméa fit le reste. Ils s'entrelacèrent tendrement, à la limite du tantrique. Ce fut une façon différente de faire l'amour, par rapport à leurs premiers ébats fougueux. Le résultat en fut d'autant plus puissant. *A contrario* de la première fois, leur complicité amplifia le plaisir partagé. Le regard complice, ils partagèrent même leur douche. Cet échange leur ouvrant l'appétit, Blanco l'invita à dîner, au *Soleil d'Agadir*. Caméa revint sur la mine perturbée, qui, subitement, réapparut sur le visage du commandant.

---Tu me caches quelque chose, Blanco. Si c'est professionnel, je comprends que tu ne puisses m'en parler. Mais si ça me concerne, je suis en droit de savoir.

C'était sans doute le moment opportun, pour que Blanco crève l'abcès, d'autant que Caméa semblait lui tendre la perche, sans aucune arrière-pensée apparente. Après quelques secondes, il l'avisa clairement.

---Je ne sais pas à quel jeu tu joues, Caméa. Commençons par les têtes de cannabis qui se trouvaient dans ton frigo. Tu ne vas pas tromper tout ton monde, indéfiniment.

---Mais t'es un malade, Blanco. Comment un flic comme toi peut-il penser que la seule présence de ce médicament, dans mon réfrigérateur, ferait de moi une délinquante ?

---Un médicament, cette substance illicite ?

---Je te croyais plus avisé. Je pense qu'un petit historique sur le cannabis ne te fera pas de tort. Pour commencer, le chanvre fait partie des plus vieilles plantes domestiquées, sous-entendu que, sans l'Homme, il n'existerait pas ; les premiers usages remontant à dix mille ans, en Asie. Bien après, en Égypte, il était consommé pour ses vertus antidouleurs, notamment sous forme d'huile, pour soulager les inflammations vaginales. Le cannabis était également utilisé comme matériau stratégique pour fabriquer des cordes, des voiles de bateau, des vêtements, etc. D'ailleurs le terme « *cannabis* », en ancien grec, a donné lieu au mot « *canevas* », vu qu'il servait à tisser. Même *la Déclaration d'Indépendance et la Constitution* américaines ont été écrites sur du papier de chanvre ; *George Washington*, le premier président des États-Unis, le cultivait, le consommait et revendiquait son rôle essentiel dans la société. Et que dire de la France et de ses « testeurs », tels *Baudelaire, Dumas, Flaubert* ou *Honoré de Balzac*, membres du *Club des Haschischins* ?

---Mais alors, pourquoi l'avoir interdit, Caméa ?

---Ça, il faut le demander à Napoléon, Blanco.

---Napoléon ? Mais c'est quoi encore cette histoire ?

---Lors de sa campagne égyptienne, le Général Bonaparte est victime d'une tentative d'assassinat perpétré par un

Égyptien qui avait fumé du haschich. Lorsque Napoléon découvre que ses hommes en fument aussi, il décide d'interdire la consommation en Égypte, en 1800. Ironiquement, le cannabis a été interdit en France, en 1916, car le gouvernement estimait que les *poilus,* qui le consommaient dans les tranchées, comme source de réconfort, perdaient leur aptitude au combat. Pour terminer sur une note positive, une étude a révélé que ceux qui consomment l'herbe, font l'amour plus souvent. Comme quoi ça a aussi du bon le cannabis, Blanco.

Blanco resta bouche bée, un long moment, prenant l'air un peu gêné. Puis questionna Caméa.

---Et pour quelle raison en consommes-tu ?

---Adolescente, j'ai fait une grave chute de cheval, qui m'a immobilisé le dos plusieurs mois. La douleur s'est réveillée, il y a quelques années, à la suite d'un faux mouvement. En séjour aux États-Unis, un médecin américain m'a prescrit du cannabis, seul produit, aujourd'hui, en mesure de soulager mes maux insupportables. Interdit en France, je suis contrainte de passer commande, via une source illégale. C'est pour cette raison que tu as trouvé les trois têtes de cannabis dans le frigidaire, la carotte servant uniquement à absorber l'humidité. De plus, je ne fume pas le cannabis, j'utilise un inhalateur, ce qui évite toute intoxication par la fumée. C'était donc ça qui te perturbait à ce point, Blanco ?

Il répondit par l'affirmative, intériorisant un sentiment de honte, ayant même imaginé son implication dans l'affaire d'entrisme. Le commandant s'excusa et la remercia pour les explications déconcertantes de l'histoire du cannabis. La remerciant chaleureusement, il l'accompagna au bas de son immeuble et regagna son loft, les idées plus claires, abandonnant définitivement la fausse piste de l'avocate. Même si la nuit fut agitée, il put trouver un relatif sommeil, certain d'avoir rapidement des nouvelles de son protégé. Son intuition fut d'ailleurs confirmée, le lendemain, lorsqu'un maton, qu'il croisait régulièrement, lors de ses footings au parc, l'interpella.

---Bonjour, Commandant.

---Ah, bonjour. Comment allez-vous ?

---Moi, ça va, merci. Mais j'ai un message de quelqu'un qui semble aller moins bien. Je ne fais jamais cela d'habitude, mais, pour vous, il m'a semblé que c'était la moindre des choses. Tenez. Bonne journée, Commandant.

Bouche bée, Blanco regarda le jeune messager poursuivre son jogging, comme si de rien n'était. Le flic s'assit sur le premier banc et ouvrit le petit mot, plié en huit. C'était bien une lettre que Kamel lui adressait.

« *Salut Blanco, j'ai eu la chance de rencontrer le maton qui te connaissait. T'inquiète, ça va. Je sais que tu n'es plus dans la partie, ni ton ex-dirlo, mais ma mission continue. Le juge m'a placé en détention pour noyer le poisson et me mettre en relation avec un gars, récemment incarcéré à Annœullin. Je dois développer un nouveau réseau de chocolat entre la France et le Maroc et devrais bénéficier d'une remise en liberté pour vice de procédure (tu connais, lol), idem pour le mec, alias Le Pilote, que je dois recruter. Je te tiens au jus, via le même process. Au fait, on ne m'a pas laissé le choix, le juge savait pour le massif du Rif. Je sais que ça ne doit pas être simple pour toi, mais grâce à ton enseignement, je suis en place. Amitiés, Kam. »*

Blanco s'exprima à voix haute : « Le pilote, *mais c'est quoi cette affaire ?* ». Il appela immédiatement Caméa.

---J'ai une audience ce matin, Blanco. 12 heures 30 ?

---Ok, c'est urgent. Je t'envoie l'adresse par WhatsApp.

Les perles de sueur sur le front de Blanco ne provenaient pas du footing, mais de la montée d'adrénaline procurée par le courrier. *Le Pilote* était le surnom du client de Caméa, mis en cause, lors de la dernière affaire de trafic de voitures. Il rentra sur un rythme plus soutenu, prit sa douche et se posa pour réfléchir, avant de rejoindre Caméa, au bar à cocktail lillois, *« dernier bar avant la fin du monde »*, suffisamment éloigné du Palais, pour éviter les oreilles indiscrètes.

---Tu vas m'annoncer la fin du monde, Blanco ? (Sourire).

---C'est sérieux, Caméa. Tu as eu des news du *Pilote* ?

---Non, toujours au trou. Et comme tu le sais nous n'avons pas fait appel. Pourquoi cette question ? Tu m'inquiètes ?

---Il n'est pas impossible qu'il sorte bientôt.

---Tu plaisantes, Blanco ? À quoi tu joues ?

Sans entrer dans le détail, pour respecter la confidentialité et protéger Kamel, il l'avisa que son client, *Le Pilote*, devrait être remis en liberté pour vice de procédure. L'avocate hallucina, sa tête dessina un 360° pour être certaine qu'il ne s'agissait pas d'une blague.

---Désolée, c'est difficile à croire, Blanco. Comment est-ce possible ? Puis, je n'ai rien vu d'anormal dans le dossier.

---Oui, mais il doit y avoir un vice de forme dans le processus d'incarcération. Bon, de toute façon, pas d'affolement. On attend que ça bouge et nous aviserons.

Dès le début, le commandant n'avait pas senti cette affaire de stups. Certes, Kamel avait emmagasiné énormément d'expérience, en quelques semaines, mais il n'était pas à l'abri d'une fausse note. Et dans ce milieu, ça ne pardonnait pas. À peine Blanco rentra chez lui, qu'il reçut un appel de son ex-dirlo. Il s'efforça de marquer son désarroi et de feindre d'être totalement sorti de la partie.

---Salut, Blanco, c'est Fred. Je ne te dérange pas ?

---Je ne connais plus de Fred, mais un de mes ex-tauliers ?

---C'est également compliqué pour moi. Tu en es où ?

---Nulle part. Faites-en sorte que mon service sache que ma mission du *Beauvau de la sécurité* est terminée et que je reprendrai mes fonctions, dès lundi prochain.

---C'est tout, Blanco ? Tu en es certain ?

---J'ai pourtant était clair, Monsieur le Directeur. Vous remettrez mes amitiés au Ministre de l'Intérieur, à l'occasion des montages de vos futures missions obscures, dont je serai à jamais étranger. Sur ce, bien mes respects.

Le message était limpide pour le directeur, soulagé que Blanco ne veuille plus entendre parler de cette affaire. Ce qui l'étonna tout de même. Mais pourquoi pas ? Les hommes s'assagissent avec l'âge, l'insaisissable commandant n'était peut-être pas exempt, lui non plus ? Ce haut fonctionnaire s'empressa de rassurer le ministre de l'Intérieur, qui lui reconfirma que sa mission était, pour lui aussi, terminée : « *nous saurons remercier les bons soldats, le moment venu, cher ami !* ». C'était mal connaître cet entêté de Blanco, qui ne lâchait jamais rien.

Le lundi suivant, Blanco reprit du service, comme si de rien n'était. Il prit connaissance des dossiers en cours, éplucha discrètement celui du *Pilote*, mais n'y trouva rien d'anormal. Entre-temps, il avait reçu un second courrier de Kamel, transmis par le même circuit.

« *Salut, Blanco.*
Tout va bien, même si le temps commence à devenir long.
Pour info, Le Pilote est ok. Notre sortie semble imminente. Je pense que je vais le précéder de quelques jours. À voir. Au fait, personne ne semble être dans la boucle, dixit l'intéressé.
Je m'entraîne comme un malade pour tuer le temps et entretenir la forme. Je vais en avoir besoin. À bientôt. Kam. »

Le commandant était on ne peut plus fier de l'énorme prestation de son poulain. Il piaffait d'impatience de le revoir. Par prudence, il ne lui adressait qu'un encouragement verbal. Perdu dans ses pensées, il sursauta, lorsque son adjoint débarqua dans son bureau.

---Blanco, le parquet nous saisit d'un *barbecue* qui s'est perpétré à Tourcoing ! Tu viens avec nous ?

---Et comment, mon cher, ça fait longtemps, en route !

Lorsque son adjoint lui communiqua l'adresse de l'assassinat, le commandant percuta immédiatement qu'il s'agissait de la zone industrielle du fameux entrepôt de Yacine. Sans doute, à la suite de l'interception du voilier, que le caïd roubaisien faisait le ménage autour de lui, avant de se mettre au vert. L'identification rapide des deux victimes carbonisées glaça le sang de Blanco. Contre toute attente, c'était Leïla et Yacine qui avaient été cramés dans la *Mini-Cooper*, à bord de laquelle Kamel avait effectué le dernier voyage, jusqu'aux entrepôts *Vogelzaad*. C'était donc à un niveau supérieur que le nettoyage s'exerçait et il fallait chercher du côté de Karim d'Amsterdam. Bien entendu, le commandant ne put faire aucun commentaire auprès de ses collègues et du magistrat territorialement compétent, si ce n'est évoquer un classique litige commercial.

De retour au service, il sollicita son assistant universel, *Google,* pour emmagasiner un maximum de renseignements, avant de se rendre, officieusement, à Amsterdam. Mais, une autre surprise l'électrocuta, lorsqu'il effectua sa recherche à partir du nom de l'entreprise de graines pour oiseaux. Un fait divers s'afficha en tête de gondole, sous le titre : « *un homme, de nationalité marocaine, retrouvé pendu aux entrepôts de Vogelzaad* ». À l'évidence, le ménage provenait d'encore plus haut, Karim étant le défunt. Étaient-ce les autorités néerlandaises ? Les Marocaines, via *Le Chérif* ? Ou les deux à la fois ? Blanco, qui avait la quasi-certitude qu'il ne s'agissait pas d'une action des services secrets français, contacta, via la Direction de la Coopération Internationale, une connaissance de grande discrétion, qui lui confirma, dès le lendemain, que le lieutenant-colonel chérifien était toujours en vie. C'était sans doute du côté hollandais et marocain qu'il fallait se pencher, nonobstant le danger d'exploiter cette piste, au risque de remonter à l'exécution dans le massif du Rif. Pour l'instant, il n'y avait pas péril en la demeure, le principal intérêt pour Blanco étant de sauver les miches de Kamel.

Plusieurs jours plus tard, vers 20 heures, on frappa à la porte du loft de Blanco. Lorsqu'il ouvrit, il resta immobile, incapable de prononcer le moindre mot. Kamel était planté là, devant lui, un large sourire aux lèvres. Il n'avait plus rien à voir avec ce jeunot d'une vingtaine d'années. Le visage semblant buriné par les expériences difficiles de toute une vie, il se tenait, pourtant, plus droit qu'auparavant. Pour briser l'arrêt du temps, il lança une petite pointe d'humour à son mentor.

---Toujours aussi sauvage, Blanco. Alors, c'est une manière de recevoir les vieux amis ?

Il disait tellement vrai, le commandant le serra comme un vieil acolyte. Kamel poursuivit ironiquement.

---J'ai survécu à tant de choses, ces derniers temps, je ne vais tout de même pas finir étouffé dans tes bras, Blanco.

La gorge serrée, incapable de sortir le moindre son, le commandant l'accompagna, par le geste, à entrer et referma aussitôt la porte derrière lui. Il expira fortement, avant de prononcer une première phrase révélatrice d'un profond soulagement.

---Putain ! Que c'est bon de te voir, Kamel !

---C'est partagé, Blanco. Sans toi, je crois que je ne serais plus sur le plancher des vaches.

---Tu est plutôt indulgent, Kamel. Sans moi, tu ne serais surtout pas dans ce sacré merdier.

---Laisse tomber avec ça, Blanco. C'est certes très compliqué, mais c'est un kif sans nom. La partie est incroyable. Jamais je ne l'aurais cru. Merci mille fois.

Kamel était déjà devenu accroc au métier de flic. Il semblait même en oublier le dramatique épisode du massif du Rif. Ou peut-être, faisait-il un déni de cette exécution sommaire ? Il n'évoqua même pas la douloureuse séparation avec ses parents, ni son exclusion fictive de l'école d'officier de police. Il semblait faire abstraction à tout élément susceptible de parasiter l'affaire en cours, finalement, comme le lui avait enseigné le commandant Blanco, qui ne le quittait pas des yeux.

Le jeune flic restait uniquement focalisé sur les dernières instructions transmises par le juge mandant et attendait, impatiemment, la sortie de prison du *Pilote,* pour débuter la nouvelle phase de la mission.

Blanco prit pleinement conscience que cette affaire aveuglait littéralement Kamel, qui ne paraissait plus en mesure d'en évaluer le danger encouru. Le commandant devait le réveiller, coûte que coûte, avant qu'il ne soit trop tard.

Un électrochoc s'imposa.

7- En quête de vérité.

Blanco lui ordonna fermement de s'asseoir sur le canapé et de l'écouter attentivement.

---Ok, Kamel, tu dois atterrir, maintenant. Yacine et Leïla ont été carbonisés dans la *Mini-Cooper*, à Tourcoing ; Karim, retrouvé pendu, à Amsterdam. Tu en veux d'autres pour comprendre que cette affaire a pris une gravissime tournure politico-criminelle ?

---J'espère que c'est une mauvaise blague, Blanco ?

---Pas impossible qu'on soit les prochains, Kamel.

---Je n'y crois pas. Yacine cramé, avec Leïla. Karim buté.

Le coup de force de Blanco fit aussitôt son effet sur le flic infiltré. Surtout que le commandant n'avait jamais eu autant besoin de Kamel pour faire la lumière sur les réelles raisons de ces actes criminels et la véritable genèse de leur mission. Ils se posèrent et commandèrent des pizzas. Le temps était compté, Kamel ayant un rendez-vous officieux avec le juge d'instruction, le lendemain. Blanco ouvrit le bal, d'une manière qui surprit Kamel.

---Avant de se mettre au boulot, je vais faire venir Caméa. Il y aura plus d'idées dans trois têtes, sachant qu'on a la nôtre dans le guidon. Bien entendu, il y a des choses évidentes qu'elle ne devra pas savoir, inutile de te faire un dessin. Tu es partant pour cette option, Kamel ?

---Je te suis. C'est toi le patron, Blanco.

---Non, plus maintenant, Kamel. Dorénavant, tu l'es au moins autant que moi. Tu as largement gagné ta place.

L'avocate ne se fit pas prier et arriva en dix minutes. Elle ne tarda pas à verbaliser l'effet de surprise.

---Alors là ! Si je m'attendais à ça ! Bravo, Messieurs !

Pour la remettre de ses émotions, Blanco lui servit un verre de *Chianti*, qui s'accommodait parfaitement à la soirée italienne. Excepté ce qu'elle ne devait pas savoir, elle ingurgita toutes les données nécessaires pour apporter sa pierre à l'édifice. Pendant que son disque dur enregistrait pléthore d'informations, elle ne cessa de regarder l'un et l'autre, se disant, en son for intérieur, qu'ils l'avaient bien roulée dans la farine. Au bout d'une heure d'exposé, elle prit la parole, en guise de *feed-back*.

---Je ne ferai aucun commentaire sur la manière dont vous m'avez traitée. C'est de bonne guerre. Mais sachez que ma vengeance sera à la hauteur de votre trahison, Messieurs.

Elle sourit, avant de reprendre plus sérieusement.

---Si j'ai bien compris, Blanco a été sollicité par un haut fonctionnaire de police, pour infiltrer ce réseau de résine de cannabis, afin de lever une ou plusieurs taupes qui mettaient en danger des agents infiltrés français. Kamel a été recruté par Blanco, pour l'immiscer dans cette organisation, via un trafic de voitures servant de monnaie d'échange, pour une partie des transactions. Je passe l'épisode des deux narcotrafiquants marocains, feu Karim de *Vogelzaad* et *Le Chérif*, ainsi que les complicités évidentes des autorités hollandaise et marocaine, il ne faut pas avoir fait l'école de la magistrature pour s'en rendre compte. Je fais court pour en arriver à l'interception du voilier et des vingt-six tonnes de shit, l'incarcération de Kamel dans la cellule de mon client, *Le Pilote*, afin de le démarcher en vue d'une prochaine mission. Sans compter les évictions concomitantes de Blanco et de son ex-dirlo.

L'avocate but une petite rasade de ce vin italien et partagea ses interrogations. Pour ce faire, elle se fit l'avocate du diable, sans ménager ses deux interlocuteurs. Au passage, elle y prit un malin plaisir, à chacun son tour.

---Ma première question. Pourquoi toi, Blanco ?

---Ce haut fonctionnaire connaît ma rapidité d'exécution et mon efficacité. Sans doute fallait-il faire vite et bien.

---Belle humilité, mon cher. (Sourire). Je veux bien, Blanco, mais, pourquoi n'ont-ils pas fait appel directement aux brigades spécialisées ?

Cette fois, c'est Kamel qui prit la parole.

---Que ce soient les douanes de Calais ou les stups de Paris, aucun d'eux n'était au courant de cette livraison surveillée. Les *gabelous* ont dû recevoir une information de dernière minute, des hautes instances parisiennes, pour serrer le voilier. Je pense qu'ils ont fait appel à Blanco, non seulement pour son efficience, mais aussi pour sa probité et sa différence d'exécution. De plus, connaissant ses dispositions dans le milieu du trafic auto, ils savaient qu'il ne rencontrerait aucune difficulté à libérer un poste de chauffeur dans le réseau de Yacine.

---Je le pense aussi, Kamel. Autre chose, Blanco, il s'agissait de démanteler un réseau récemment mis en place par les autorités hollandaises et marocaines. Cette organisation venant de voir le jour, il est évident qu'aucun policier français n'avait pu l'infiltrer. D'après toi, pourquoi avoir mis en avant un danger inexistant ?

---Sans doute que mon ex-directeur savait que je n'accepterais aucune mission liée aux stupéfiants, sauf s'il en allait de la sécurité d'agents infiltrés français.

---J'en suis aussi convaincue. Nous savons également tous les trois que leur souhait n'était pas de démanteler le réseau, mais de frapper un grand coup dans leur portefeuille, à l'occasion de la saisie des vingt-six tonnes.

---C'est très clair, Caméa. Qu'en penses-tu, Kamel ?

---Idem. De cette manière, ils ont provoqué des suspicions au sein de l'organisation pour qu'elle s'autoélimine.

---C'est très grave, Messieurs, mais quel est le but recherché ? Nous devons résoudre l'énigme. D'autres questions me viennent à l'esprit. Comment pouvaient-ils savoir que Blanco allait recruter Kamel ? Comment ont-ils anticipé sur l'approche de mon client, *Le Pilote* ?

---Comme je te l'ai dit, mon ex-directeur savait sûrement que j'allais recruter du sang neuf. Ensuite, ils ont suivi le tempo et profité que ton expert auto de client soit sous les verrous. C'est plus facile de faire sortir quelqu'un, lorsqu'il est incarcéré depuis peu. Je pense qu'ils se sont adaptés au fil de l'eau, n'oublions pas que mon ex-dirlo est un ancien fin limier du « 36 ». Une fois le mauvais coup infligé au réseau, ils ont écarté le Directeur et moi-même, pour ne traiter qu'avec Kamel, potentiellement plus malléable et en mesure d'approcher *Le Pilote*, autant expert en trafic auto, qu'en résine de cannabis.

---De cette manière, issu d'une des plus sensibles cités du neuf trois, rembarré par ma propre famille, j'avais les portes ouvertes pour solliciter les caïds de ma zone, afin de monter une nouvelle mission et utiliser *Le Pilote* au Maroc, d'où il est, lui aussi, originaire.

L'avocate et le commandant eurent la même réflexion et répondirent de concert.

---Nous reste à savoir de quelle mission il s'agit réellement, pour mieux te protéger et laisser *Le Pilote* en dehors de cette dramatique mascarade.

Minuit sonna déjà, sans que les trois acolytes ne s'aperçussent de l'heure avancée. Le *feed-back* de Caméa était à la hauteur de sa surprenante faculté de compréhension, et ses questions, de celle de son analyse experte. Désormais, c'était la nature de la mission qui devait être confiée à Kamel, qui allait donner le ton. Blanco raccompagna Caméa, chez elle. Tous deux avaient la mine inquiète. Seuls leurs pas, sur le célèbre pavé du Nord, brisèrent le silence pesant. L'avocate prit la parole.

---Je savais que le système était pourri, Blanco, mais tout de même pas à ce point. Tu imagines, tuer des gens, qui plus est, dans des circonstances aussi atroces, pour de simples plantes, au départ, si naturelles. Sans compter que ses exactions sont commanditées par des pays moralisateurs. Le monde fonctionne vraiment à l'envers.

Je ne sais plus quoi penser et, surtout, quoi faire pour enrayer cette course effrénée au profit.

---C'est la dure réalité de la guerre économique qui ne tient plus compte, depuis longtemps, du bien-être de l'humanité. Nous allons le payer chèrement et laisser nos petits-enfants dans un drôle de merdier, Caméa.

L'avocate enserra la main du commandant dans la sienne et posa sa tête contre son épaule. Le corps lourd, le visage sans expression, ils marchèrent ainsi, une dizaine de minutes, sans prononcer un seul mot, n'entendant que leur bruit de talons, sur un sol paraissant davantage rugueux. La pluie, qui s'abattit soudainement, sembla alourdir leurs silhouettes, avant que les bourrasques sporadiques ne viennent les sortir de leur profonde léthargie. Ils accélérèrent le pas pour se mettre à l'abri sous le porche de l'immeuble de Caméa. Elle avisa Blanco.

---Monte cinq minutes, le temps de l'averse.

La montée des marches n'eut pas le charme habituel, l'ambiance était trop pesante pour ces deux têtes pensantes. Pour se sécher, Caméa sortit deux serviettes de bain, dont le moelleux et l'odeur de lavande leur adoucirent le visage. Ils surent apprécier, à sa juste valeur, cet anodin moment de douceur, contrastant avec ce monde râpeux, conscients qu'il fallait profiter de chaque instant, pour mieux appréhender des lendemains sans doute moins joyeux. La pluie ne cessant, l'avocate servit deux verres de vin et interrogea le commandant.

---Toujours plongé dans tes pensées, Blanco ?

Ne sachant s'il valait la peine de verbaliser, il ne répondit pas immédiatement. Puis, un rictus naissant, il se libéra de ce poids, une fois n'est pas coutume.

---La pluie de tout à l'heure m'a fait penser à l'Angleterre et au trafic de drogue. Drogue dure j'entends, sachant que dans notre affaire il ne s'agit que du chanvre. Sais-tu que le Royaume-Uni, grand donneur de leçons, lui aussi, en a fait grand usage, au XIXe siècle. Pour renflouer ses caisses, la Couronne britannique a inondé la Chine d'opium, provenant du pavot récolté en Inde. Puis, la France a suivi cet exemple, pour financer une partie de la guerre au Vietnam, le gouvernement français, exsangue de fonds, ordonnant à ses généraux de payer ce conflit, par n'importe quel moyen. Tu sais, Caméa, il ne faut pas se voiler la face, depuis près de deux siècles, les réseaux de stups sont intimement liés aux luttes de pouvoir et aux intérêts croisés de diverses puissances. Au-delà des trafiquants et des consommateurs, il y a des aides apportées par l'appareil militaire, des actions menées par les services secrets, des alliances inédites entre pouvoirs politique et criminel, qui profitent des sommes colossales du trafic pour armer une milice, déstabiliser un pays ou une région, piéger des adversaires. Et, au passage, ils se remplissent les poches.

---Je me doute aussi que c'est pour toutes ces raisons que tu as toujours refusé de traiter cette matière, Blanco.

---Oui, en grande majorité, Caméa, même si d'autres domaines de la délinquance ne sont pas non plus très propres, c'est quand même ce fléau qui remporte la palme du cynisme, voire de l'hypocrisie. Des agents américains de la CIA, aux redoutables « narcos » colombiens ou mexicains, en passant par les chimistes de la *French Connection*, il s'agit, avant toute chose, d'instruments de pouvoir émanant des dirigeants du grand monde.

---Le système est vicié, mais je n'en suis qu'à moitié surprise, ayant étudié l'environnement des drogues dures et le parcours des Sieurs *Félix Gallardo* au Mexique, *Pablo Escobar* en Colombie, *Toto Riina* en Italie et *Kuhn Sa* en Birmanie et en Thaïlande. Sous les trajectoires de ces barons de la drogue, mondialement connus, se dessinait, en filigrane, un mélange nauséabond d'accords avec les plus grands donneurs de leçons de cette planète souillée.

---Notre affaire de trafic de cannabis n'en est que le reflet, même si la consommation du chanvre ne tue pas directement. Mais il faut savoir, en ce qui concerne les drogues dures que, chaque minute et demie, une personne meurt dans le monde, uniquement à cause de sa consommation. Alors que dire des morts liés à cette activité criminelle ? Il n'y a rien qui ne puisse plus tuer aux quatre coins du globe, que ces produits que nous avons transformés en véritable poison lucratif.

---Je ne savais pas que c'était à ce point, Blanco.

Chacun vida son sac, à tour de rôle. Certes, cette discussion n'aura rien changé, pour autant, elle leur permit de se libérer d'un poids mort. La pluie ayant cessé, ils s'embrassèrent, tel un vieux couple, et Blanco regagna son domicile, le cœur un peu plus léger.

Le lendemain, en fin de matinée, comme annoncé par le flic infiltré, l'avocate et le commandant eurent confirmation, via une source officieuse de Blanco, de la sortie prématurée du *Pilote*, qui ne devait pas bouger le moindre petit doigt, avant que Kamel le sollicite. Ce dernier était déjà sur la route de Paname, pour rencontrer officieusement le juge d'instruction. L'entretien ne dura qu'une heure ; selon toute vraisemblance, le magistrat ne fit que lui transmettre un message, dont il n'était pas l'inventeur. Dès son retour à Lille, les trois nouveaux coéquipiers se réunirent chez Caméa. Ce lieu de rendez-vous fut teinté d'un regard complice entre l'avocate et le flic, ce qui n'échappa pas à Kamel, qui rendit compte de sa brève entrevue, après une petite pointe humoristique.

---Je vous préviens, on est là pour bosser. (Sourire). Bon, cette rencontre furtive était aussi frigorifique que l'attitude glaciale d'une tierce personne, qui ne s'est pas présentée et qui n'a, d'ailleurs, jamais pris la parole. Je l'apparenterais à une sorte de directeur de cabinet de haut vol. Bref, je dispose d'une quinzaine de jours pour monter une équipe et ouvrir une nouvelle route de résine de cannabis, entre le Maroc et la France, via l'Espagne. Et, vous allez avoir peine à me croire, je dois passer par *Le Chérif* pour le contact marocain. Le Juge m'a imposé de monter le coup avec la *team* de ma cité, en ce qui concerne la logistique en Europe, et *Le Pilote,* pour le Maroc.

Ce qui fit sortir littéralement Blanco de ses gonds.

---Il est complètement malade, cet abruti de Juge ! S'il voulait te faire flinguer, il ne s'y prendrait pas autrement.

---Je sais, c'est risqué. Mais, comment faire autrement ?

---J'avoue que ça m'échappe totalement, Kamel. *A priori*, il ne s'agit pas de protéger un quelconque infiltré, mais de créer un nouveau trafic de résine de cannabis. On marche sur la tête. Pourquoi ne les as-tu pas shootés ?

---Je n'ai pas eu l'impression d'avoir le choix, Blanco.

---On a toujours le choix, Kamel. Blanco n'aurait jamais accepté une telle mission. À moins que vous me cachiez quelque chose que je ne devrais pas savoir ?

Les deux flics échangèrent un regard d'approbation. De toute façon, maintenant entièrement impliquée, l'avocate l'apprendrait d'une manière ou d'une autre. D'un commun accord, ils lui confièrent l'exécution du trentenaire marocain dans le massif du Rif.

---D'autres secrets de cette nature ? Autant tout balancer d'un seul trait, ainsi, on disposera des mêmes éléments de langage. Ça pourra m'aider, si je dois défendre l'un d'entre vous, ou, comme c'est parti, les deux à la fois.

---Non, maintenant tu sais tout, Caméa, mais eux aussi.

---Ouais, ils ont un coup d'avance sur vous deux, et merci pour la confiance. Je pense qu'on doit à tout prix éviter d'utiliser mon client et les Balbyniens de Kamel, pour empêcher qu'ils aient connaissance de l'exécution. La situation me parait déjà suffisamment compliquée ainsi.

Ils se mirent à débattre au fil de l'eau, les hypothèses fusant les unes après les autres. Mais celle qui sembla retenir l'aval inconditionnel du trio de circonstance, était la reprise de contact entre Kamel et *Le Chérif*. Avant d'engager les hostilités, *le Parigot* devait absolument découvrir le nouveau marché franco-marocain conclu, officieusement, entre ces pays, via le flic chérifien, au cas où le trinôme ne trouvait de parade. Sans perdre une minute, Blanco et Kamel prirent la route d'Algésiras, mieux valait partir la nuit pour circuler plus rapidement. Lors des relèves de pilotage, les discussions et conseils allèrent bon train. Blanco était formel, il fallait trouver une monnaie d'échange avec l'implication des Pays-Bas et du Maroc, celle des donneurs d'ordre français, pour élargir Kamel de la dramatique exécution du trentenaire marocain, à Ketama.

---Si on ne trouve pas la clé, tu resteras à jamais à leur merci. Fondons nos espoirs sur ta visite du *Chérif*.

Tout le long du trajet, Kamel resta de marbre et concentré, étonnant encore Blanco qu'il ne se plaigne pas de sa situation inconfortable. Il était incroyablement pro ce jeune prodige de flic. Juste un clin d'œil échangé, avant de prendre le ferry et il endossa, aussi facilement qu'une lettre à La Poste, le personnage du *Parigot*. *Le Chérif* fut surpris de le voir près de son *Toyota*.

---Je ne t'attendais pas de sitôt, *Le Parigot*. Allez, prend le volant, direction la maison, tu connais la route.

Le Chérif ne sembla pas déstabilisé et le niveau de jeu avait évolué d'un cran. Il prit aussitôt les devants.

---Je pense qu'on a des choses à se dire, avant d'attaquer dans le bois dur. Je commence. Il y a eu un sacré remue-ménage dans les hautes sphères de la Hollande et de mon pays, après l'abordage du voilier et la saisie des vingt-six tonnes de shit. Karim, sous la pression des autorités néerlandaises, aurait littéralement pété un câble et serait allé cramer ton boss et sa copine, à proximité de leur planque. De source sûre, il a ensuite été retrouvé, balançant au bout d'une corde, dans l'entrepôt de *Vogelzaad*. Inutile de te faire un dessin, tu imagines, aussi bien que moi, que les autorités bataves ont ainsi fait le ménage autour d'elles. Heureusement, en échange d'une remise en liberté, le capitaine du bateau et ses deux marins ne devraient rien balancer. *A priori*, Français et Hollandais seraient sur le point de trouver un terrain d'entente concernant les « valises marocaines ». Puis, comme tu dois le savoir, j'ai reçu la visite de l'Attaché de Sécurité Intérieure français, en poste au Maroc, qui m'a informé de ta vraisemblable visite et de la mise en place d'un nouveau circuit à base de *Beldia,* après que l'on ait écoulé le reste des plantations de *Critikal.* Te concernant, quand bien même je ne sais pas qui tu es exactement, sache que tu bénéficies encore de ma confiance. Sinon, tu serais mort, dès que tu as posé les pieds sur notre sol. À toi maintenant, qu'as-tu à me dire ?

---Ma version n'a pas changé d'un iota. Sauf que, depuis mon interpellation, j'ai une épée de Damoclès sur la tête. Le marché que l'on m'a proposé est simple, je dois ouvrir une nouvelle route entre nos deux pays, via l'Espagne. Pour l'instant, à ma connaissance, aucun *condé* n'est au parfum du deal. Je t'avoue que je ne suis pas très emballé.

---*A priori*, il y a une énorme négociation entre nos deux pays. Les tiens veulent que nos échanges se fassent uniquement à partir de la *Beldia*. Elle est trois fois moins rentable pour nous que la *Critikal*, mais, apparemment, vu l'enthousiasme de mes donneurs d'ordre, la France aurait mis la main à la poche, à la seule condition de bénéficier de l'exclusivité du marché marocain de cannabis. Ce qui veut dire aussi, *exit* les Pays-Bas. Inutile de te préciser que les relations avec cette nation sont définitivement rompues, surtout, lorsqu'ils ont su que tu avais descendu leur douanier infiltré. À croire que feu Karim avait la langue trop pendue. Les Bataves ont chèrement payé leurs erreurs de stratégie. Ils auraient dû nous mettre dans la confidence avec Sofiane et ne pas se méfier de nous en balisant les voitures. Je n'ai toujours pas pigé leur intérêt. Si les acquéreurs du Moyen-Orient s'en étaient aperçus, ça aurait été une autre paire de manches.

Le sang de Kamel se glaça, lorsqu'il apprit, de la bouche du *Chérif*, qu'il avait donc tué un homologue néerlandais. La nausée l'envahit aussitôt, il se retint de vomir ses tripes, pour ne pas faire mauvaise impression devant le lieutenant-colonel. À mille lieues de s'imaginer une nouvelle aussi improbable, il dut faire abstraction à l'émotion qui le parcourait, tout en respectant une relative mesure. En effet, il dut s'adapter au nouveau visage du *Chérif*, qui n'apparaissait plus comme le tortionnaire de l'époque, encore toute fraîche, de la *Critikal*. Heureusement, le véritable poseur de balises avait échappé à la vigilance des Chérifiens, les Français étaient passés tout proche de la correctionnelle et du point de non-retour. Au lieu de cela, ils remportaient toutes les parts de marché. Ça peut se jouer parfois à pas grand-chose. Kamel, déjà secoué par le fait de tuer, le fut davantage à l'idée d'avoir abattu un flic infiltré hollandais. Les questions sans réponse n'arrangèrent pas la donne. Sofiane l'aurait-il descendu, s'il ne l'avait pas exécuté ? Avait-il une femme, des enfants ? Et ses parents ? Il se tortura l'esprit, jusqu'à ce qu'il décidât de s'injecter une dose de sophro, comme enseigné par le commandant Blanco. Tout devint plus clair et moins indigeste, lorsque ce médicament fit son effet, se persuadant que la responsabilité de son geste irréversible était le corollaire des ambitions malsaines des trois pays concernés. Ce qui lui permit de ne rester concentré uniquement que sur sa mission.

Ils arrivèrent très rapidement dans la splendide villa de Ksar-Sghir, toujours gardée par quatre agents de sécurité armés jusqu'aux dents. À l'idée de revoir sa jolie rencontre d'une nuit, le flic infiltré en oublia, quelques instants, son objectif. Il l'aperçut dès son arrivée, mais, pour l'heure, dut rester focalisé sur le but fixé avec ses deux collaborateurs lillois. La discussion avec l'officier supérieur marocain, lors du dîner, fut très riche en enseignement pour Kamel, dont la feuille de route semblait clairement définie. L'épouse du Chérif fut moins suspicieuse que la première fois, même si elle garda une relative méfiance, partagée entre l'attitude rassurante de son mari et son intuition féminine. À peine le thé, à la menthe fraiche, consommé, que l'invité s'excusa poliment auprès de ses hôtes, sous le regard complice du *Chérif*. Pressant le pas, Kamel se réjouissait d'y retrouver sa charmante partenaire, dont le magnifique sourire fut révélateur de la joie de revoir son prince charmant.

Exsangue de la fébrilité et de la timidité de leur premier rendez-vous, les deux jouvenceaux furent tout de suite entreprenants. Ils s'embrassèrent avec gourmandise, tout en ôtant impatiemment les vêtements de l'autre. Tant l'envie fut incontrôlable, qu'ils s'unirent immédiatement, presque sauvagement, le souffle haletant, sans se lâcher du regard. D'autres unions eurent lieu durant la nuit, laissant place à plus d'érotisme. Cette fois, la magnifique Djamila quitta la chambre, après avoir remis ses coordonnées à son amant, avant que le maître de maison vint tambouriner à la porte de Kamel. La nuit torride lui ayant donné un appétit d'ogre, il dévora un copieux petit-déjeuner. *Le Chérif* le déposa au port de Tanger-Med pour y prendre le ferry retour. Durant la traversée, il s'accorda une petite prolongation de bien-être, en se remémorant les délicieux moments partagés avec sa jolie Orientale.

Blanco le reprit sous son aile, de l'autre côté de la Méditerranée. Ils eurent tout le temps de débriefer, pendant le long trajet les menant chez l'avocate, qui les attendait impatiemment. Dos à la cheminée, Kamel reprit, dans le détail, tous les éléments glanés au Maroc. Pourtant déjà surpris lors du premier récit du jeune flic, Blanco s'étonna de l'être à nouveau, et que dire de Caméa, complètement abasourdie par cette version quasi irréelle.

Deux heures du matin sonnèrent déjà. Un subtil mélange de mal-être et de soulagement planait dans cette immense pièce de vie. Tous trois craignaient avoir pigé les vraies raisons de la mission et, surtout, l'ampleur qu'elle avait prise. Pour autant, ils possédaient, peut-être, la monnaie d'échange, pour mettre un terme définitif à l'engagement trop risqué de Kamel.

Convaincus que la nuit leur porterait conseil, ils convinrent de se revoir le lendemain. Mais, rien ne vint éclairer leur sommeil, ils devaient agir, et vite, avant que les autorités françaises ne leur imposent la cadence. Blanco ne rencontra aucune difficulté à démontrer à ses deux collaborateurs, qu'il était vital de prendre rapidement les rênes, pour ne pas subir le tempo des donneurs d'ordre de l'hexagone.

Épilogue.

Alors qu'ils rentraient du footing, les deux flics furent surpris de voir Caméa faire le pied de grue, aussi tôt, devant la porte de Blanco. Elle les charria un peu.

---Je vois qu'il y en a qui s'amusent pendant que les autres bossent. Allez vite prendre votre douche, je fais chauffer le café pour accompagner ces petites viennoiseries.

L'avocate n'avait quasiment pas fermé l'œil de la nuit. Ses yeux rougis laissaient augurer de l'intensité de ses recherches nocturnes sur le net. Une date semblait avoir retenu toute son attention. Fin 2017, les Pays-Bas décidaient d'expérimenter la culture légale du cannabis, supervisée par l'État. De surcroît, cette période coïncidait avec la création du réseau de résine de cannabis, à base de plants de *Critikal*, entre la Hollande et le Maroc.

---J'ai l'impression que les enjeux dépassent la raison, Messieurs. Les conséquences financières doivent être considérables, de quelque côté que l'on se situe. C'est sans doute en raison de cette nouvelle politique, que le Premier Ministre hollandais, *Mark Rutte,* fait l'objet de pressions sérieuses des milieux maffieux.

---Très intéressant, Caméa. Les Pays-Bas vont maintenant largement au-delà de leur réglementation en la matière. Mais, ça n'explique pas l'attitude de nos responsables politiques. J'ai parfaitement compris, surtout lors du dernier entretien, que le Juge d'instruction, qui m'a confié la mission, n'était qu'un simple pion sur l'échiquier.

---Tu as raison, Kamel. Nous devons découvrir leurs véritables intentions, avant de leur rendre une petite visite de courtoisie à Paname.

---Laissez-moi monter un support documenté, pour vous aider dans les négociations, en nous appuyant sur l'expérimentation d'un producteur français, *Jouany Chatoux*, qui cultive le cannabis dans sa ferme bio de Pigerolles, à Gentioux-Pigerolles, dans la Creuse, avec l'accord des autorités locales.

Le commandant Blanco sortit de ses gonds.

---J'espère que tu plaisantes, Caméa. Tu parles de légalisation du cannabis, ou je me trompe ?

---Du calme, Blanco, j'évoque seulement une réglementation. Il me semble censé, ce Monsieur *Jouany Chatoux*. Nous avons besoin de ce genre de précurseur pour faire évoluer les codes. Désolé, les gars, mais la France devra aussi se mettre à la page. Regardez ce qui se passe au Canada. Je comprends mieux, maintenant, les enjeux économiques et sanitaires. Pourtant, je suis comme toi, je n'ai même jamais fumé une seule cigarette.

---Je sais que c'est difficile à entendre pour toi, Blanco, qui as lutté toute ta carrière contre ces trafics. Mais, je crois que Caméa a raison, autant les visiter en leur donnant du grain à moudre.

---Vous me prenez pour un dinosaure, c'est ça, mon temps est révolu ? Dites-le clairement. Bon, je vais faire un tour, j'ai besoin de prendre un peu le frais.

Blanco le prit assez mal. Il sortit de son appartement pour faire quelques pas dans la rue pavée. Il revint voir ses deux acolytes, quelques minutes plus tard.

---Bon, on est en démocratie, deux contre un, je m'incline. Ok pour le montage du dossier, mais on va bosser ensemble. Vous ne serez pas assez de deux pour me convaincre du bien-fondé de votre vision.

Le soir venu, après une journée à travailler sur ce thème du chanvre, Blanco rendit les armes, convaincu que ses deux coéquipiers avaient partiellement raison. Comme il était bon joueur, il les invita au resto.

---Si j'ai bien compris, c'est moi qui régale. Allez, direction *Le Soleil d'Agadir*, pour rester dans l'ambiance marocaine.

Sur le chemin, il prit son téléphone pour appeler son ex-dirlo, sans lui laisser l'occasion d'en placer une.

---Salut, Fred. Je serai bref. Organise un déjeuner, demain, avec le Directeur de Cabinet du Ministre de l'Intérieur, nous serons cinq, avec toi. Tu évoqueras une raison d'État, ainsi, tu n'auras pas de mal à le convaincre. Merci.

Caméa et Kamel échangèrent un regard complice, Blanco adhérait totalement à leur stratégie. Tous trois mettaient ainsi toutes les chances de leur côté pour que les négociations aboutissent. L'ambiance retomba quelque peu, lorsque Kamel sentit les effluves de la cuisine orientale, lui rappelant les plats de sa maman. Blanco s'en aperçut et le rassura aussitôt : « c'est bientôt la fin, Kamel, tu vas bientôt les revoir ». Ils passèrent une soirée très agréable, conscients que demain serait une journée placée sous haute tension.

Le lendemain midi, ils arrivèrent au rendez-vous fixé par les hôtes, au restaurant *L'Élysée Saint-Honoré*, dans le 8ème arrondissement de Paris. Sur le trajet, ils eurent l'occasion de réciter leurs gammes. Mais de longs silences mesurèrent l'importance capitale de cet entretien, conscients qu'ils n'auraient, sans doute, qu'une seule occasion de défendre les intérêts de Kamel. Il était convenu que le commandant prendrait la parole, notamment du fait de la crédibilité indiscutable qu'il représentait aux yeux des deux interlocuteurs, ses acolytes n'intervenant que si le besoin s'en faisait sentir.

Kamel reconnut immédiatement le directeur de Cabinet, comme étant l'invité mystère de l'autre jour, dans le bureau du juge d'instruction. Le *Dir Cab* du ministre de l'Intérieur avait choisi une table discrète, à l'abri des oreilles indiscrètes. Blanco les salua froidement, avant de prendre rapidement et franchement la parole.

---Le temps est si précieux, j'irai droit au but. La mission a été remplie, sans déroger aux règles habituelles d'engagement. En revanche, vos éléments de langages étaient entachés d'irrégularités. Lesquelles ont provoqué la situation embarrassante, dans laquelle se trouve ma recrue. Avant de poursuivre, dites-moi clairement la façon dont vous allez traiter ce fâcheux incident.

Le directeur de Cabinet, préparé à la question, fort d'un enseignement pointu en matière de communication, répondit très sereinement.

---J'imagine que si vous êtes accompagné, c'est que votre confiance envers Madame l'avocate et Monsieur Kamel est sans faille. Alors, je vous répondrai en toute transparence. Nous avons eu connaissance de ce fâcheux incident, comme vous dites, Commandant Blanco, par les autorités néerlandaises, à la suite de l'interception des vingt-six tonnes de résine de cannabis. Pour faire court, il a été convenu, pour mettre un terme définitif à ce différend diplomatique, que la saisie d'une valeur inestimable serait rapatriée en Hollande. Étant entendu que le Lieutenant Sofiane aura trouvé la mort, dans son pays d'origine, lors d'une sortie de chasse avec *Le Chérif,* dans le cadre d'un rapprochement de coopération internationale. Ai-je répondu favorablement à votre inquiétude, somme toute légitime ? Bien entendu, cet arrangement ne met pas un terme à la mission dévolue à Monsieur Kamel, celle-ci étant, derechef, non négociable.

Tandis que Caméa et Kamel restèrent bouche bée, Blanco, habitué à ce type de propos, réagit spontanément.

---C'est encore pire que ce que je pensais. La vie d'un flic ne vaut pas plus que de la came et de son profit. Sans compter que la nature de cette marchandise saisie, à base de *Critikal,* est nocive à la consommation. Par cet échange de mauvais procédés, vous allez contribuer à l'intoxication de milliers de consommateurs. Et puis, il est hors de question que ma recrue poursuive dans cet univers nauséabond. Ce qui est non négociable !

---J'entends bien, Commandant, nous savons que la *Critikal* n'est pas une plante saine. Cependant, nous voulons protéger Kamel, qui, nous le savons, a fait un travail remarquable de courage et d'abnégation. Nous vous félicitons également pour l'avoir détecté. Mais, encore une fois, il ne sera pas en mesure de refuser la mission qui lui a été confiée, le Ministre de l'Intérieur restera intransigeant sur le sujet. Avez-vous d'autres sollicitations, Commandant ?

La tension monta d'un cran chez Blanco, qui, s'il s'écoutait, saisirait le *Dir Cab* par la cravate pour lui fracasser la face sur la table. Mais il fallait raison garder, le sort de Kamel en dépendait. Il avala sa salive, avant de poser ses deux conditions.

---Il n'y en a deux, qui ne sont pas non plus monnayables. Pour la première, n'acceptez pas le deal avec les Hollandais et détruisez la totalité de la marchandise. Vous donnerez un signe fort. D'autant que les autorités néerlandaises ne pourront jamais poursuivre Kamel, car, excusez l'expression, ils sont loin d'avoir les couilles propres dans cette affaire. Pour la seconde, je maintiens qu'il est exclu que Kamel remette les pieds dans cette enquête, ni le client de Madame, ici présente.

L'ex-directeur de Blanco, percevant que le dialogue de sourds commençait sérieusement à agacer le commandant, murmura quelques mots aux oreilles du *Dir Cab*, qui répondit posément.

---Nous sommes convaincus par votre analyse, le Ministre de l'Intérieur le sera, soyez-en certain. Mais je crains que l'engagement du lieutenant Kamel reste irrévocable.

Alors que Blanco voulut se lever, Kamel le prit par le bras pour l'inviter à rester autour de la table. Tel le geste habituel de son mentor, il montra la paume de sa main gauche en guise de « *calmez-vous et écoutez-moi* ». Après avoir regardé, d'un œil complice, le commandant, il prit la parole avec une maîtrise surprenante pour son âge.

---Monsieur le Directeur de Cabinet, avec tout le respect que je vous dois, ainsi qu'au Ministre de l'Intérieur, quand bien même votre position hiérarchique est supérieure à celle du Commandant Blanco, je suis dans l'obligation de vous faire savoir que je ne me formaliserai qu'à ses instructions et elles seules.

Au départ, surpris par l'assurance du jeune flic, le *Dir Cab* tenta, via ses fonctions, d'inverser la tendance.

---Vous n'êtes à peine sorti de l'école de police, que vous en salissez déjà les règles du respect de l'autorité…

Kamel lui coupa immédiatement la parole.

---Sauf votre respect, c'est vous qui me parlez de salir les règles ? Vous n'êtes pas sérieux, Monsieur ?

---Vous vous prenez pour qui, pour vous adresser ainsi à moi ? Je vous mets en garde de…

Blanco ne cessa d'observer son protégé. Quel chemin parcouru, quelle sérénité acquise durant ces semaines, quelle fierté de voir son poulain tenir tête de la sorte à l'un des plus hauts fonctionnaires de l'Institution police ; Caméa n'en pensa pas moins, pour elle, Kamel pouvait toujours se reconvertir en brillant avocat. Le jeune interrompit une fois de plus le *Dir Cab*, médusé.

---Trêve de bavardage inutile, Monsieur. Écoutez plutôt ces éléments forts instructifs. Nul doute qu'ils seront susceptibles de nous permettre de trouver un terrain d'entente, entre gens raisonnables, ne croyez-vous pas ?

Les yeux du *Dir Cab* sortirent de leurs orbites, lorsque Kamel sortit son téléphone pour actionner l'icône dictaphone. La fierté s'afficha clairement sur le visage du commandant, devant le récital de son ex-p'tit. Le flic infiltré avait eu l'intelligence de jeu d'enregistrer les conversations avec le juge d'instruction, *Le Chérif* et bien d'autres, ainsi que ce début de discussion avec le directeur de Cabinet, qui mit un terme à l'humiliation.

---Maître, Messieurs, permettez-moi de me retirer quelques minutes, il me semble opportun que je prenne attache avec le Ministre de l'Intérieur. Merci de votre compréhension, je ne serai pas long.

Un lourd silence pesa autour de la table, les regards échangés en dirent long sur l'espoir que le trio remporte la partie, ce qu'espérait, également, secrètement l'ex-dirlo de Blanco. Ils virent revenir le directeur de Cabinet, dont le visage ne laissa rien transparaître.

---Maître, Messieurs, le Ministre de l'Intérieur vous renouvelle toutes ses félicitations pour le travail fourni et vos méthodes employées. Il comprend parfaitement vos exigences, soit dit en passant, tout à fait légitimes. J'ai l'honneur de vous faire savoir, qu'il me charge de vous transmettre, que les vingt-six tonnes de résine de cannabis seront détruites, que l'exécution de Ketama ne reviendra jamais sur le tapis et qu'il appartient à Monsieur Kamel de décider de poursuivre ou pas cette mission.

Soulagé, Blanco prit la parole.

---Voici qui est raisonnable, Monsieur. Maintenant, mon ex-directeur aura dû vous le faire savoir, je ne suis pas homme à vociférer sans être force de proposition. Je dois dire que dans le dossier que je vais vous remettre et que nous allons vous commenter, tout le mérite revient à Madame l'avocate et au Lieutenant Kamel.

Le directeur de Cabinet lut, en diagonale, avec grand intérêt. Son visage s'éclairait au fur et à mesure qu'il tournait les pages. Il le déposa lentement sur la nappe blanche, fit appel au serveur, qui devait avoir pour mission de n'intervenir qu'au signal, s'exprima avec un apparent soulagement et sortit de sa carapace.

---Garçon, veuillez prendre la commande et régalez-nous. Nous sommes là pour un bon et long moment.

Le *Dir Cab* retira la veste, ôta sa cravate et releva les manches de chemise. Un discours franc commença.

---Ce qui va se dire ici, restera ici. Je sais pouvoir vous faire entièrement confiance et vais vous expliquer la raison d'État, si je puis m'exprimer ainsi, qui nous a incités à mettre en place cette stratégie. Nonobstant, je vous le concède, que nous aurions dû agir différemment auprès de vous, Commandant. Je pense, à la lecture de votre dossier d'excellente facture, que finalement nous partageons les mêmes convictions.

Le trio avait vu juste, l'un des éléments déclencheurs était la nouvelle politique adoptée, fin 2017, aux Pays-Bas. Les enjeux financiers étant considérables, le président de la République, en personne, avait fait réaliser une étude faisant état d'un milliard de chiffre d'affaires, uniquement la première année de développement de la culture du chanvre et de ses produits dérivés, avec la précision que le THC ne dépasse pas les 0,2 %. Le *Dir Cab* apporta une précision amusante.

---Comme dans votre dossier, nous nous sommes également inspirés des premières expérimentations de la ferme bio de Pigerolles. Le cannabidiol, dit CBD, non psychotrope, *a contrario* de ce que proposaient les Pays-Bas, devrait naître officiellement en France, car la Cour de Justice de l'Union Européenne devrait préconiser une autorisation à la commercialisation de la fleur de chanvre et de ses dérivés. Comme le stipule les projections du producteur, *Jouany Chatoux,* nous devons prendre nos responsabilités, ne pas regarder le train passer devant nous, rempli des savoirs exogènes. Bien entendu, il s'agit d'une immense décision politique.

Finalement, le trio, qui ne s'attendait pas à une issue aussi favorable, repartit de Paris, regonflé à bloc. Une franche poignée de main ponctua leur rendez-vous, en guise d'accord moral. Quant à l'avenir de Kamel, le directeur de Cabinet resta plutôt optimiste : « *nous serons sans doute appelés à nous revoir en haut lieu* ». Il proposa également à Caméa d'apporter son savoir auprès de la Mission Interministérielle de Lutte contre les Drogues Et les Conduites Addictives (M.I.L.D.E.C.A.) pour encadrer, juridiquement, les nouveaux projets, dont l'expérimentation de la culture du cannabis à but thérapeutique, notamment pour apaiser les douleurs et, pourquoi pas, envisager un usage récréatif réglementé.

Chassez le naturel, il revient au galop, le commandant Blanco mit en garde : « *même si loi, il y a, elle n'éradiquera pas la persévérance des trafiquants* ». Il donna l'exemple récent du Québec, qui a réglementé dans ce domaine, et, pourtant, toujours confronté aux dealers alimentant, notamment, les moins de vingt-et-un ans, pour qui la vente est interdite. Sachant que le produit, au marché noir, est moins cher et exempt de contrôle qualité. Il avisa le *Dir Cab* de veiller à une approche sur la réduction des effets du cannabis, afin d'éviter les dépendances et autres pertes de concentration des usagers, surtout chez les jeunes. Le directeur de Cabinet en prit bonne note et son ex-dirlo le remercia sincèrement.

Sur le chemin du retour, percevant tout de même une relative contrariété chez Blanco, Caméa intervint.

---Tu n'as pas l'air totalement satisfait, Blanco ?

---C'est vrai, j'ai l'impression que la partie ne sera pas aussi simple qu'on le pense. Le trafic de drogue fait vivre, directement, presque deux cent cinquante mille personnes en France. Il va falloir prendre des mesures politiques courageuses pour contrecarrer la perte financière de ces gens et anticiper sur la mise en place de stratagèmes légaux de remplacement.

---Tu as raison, Blanco. Mais prenons le sujet dans l'autre sens. Le pays n'est plus en mesure de combattre efficacement le trafic de cannabis, Kamel et toi êtes bien placés pour le savoir. Alors, autant que les services de police et de gendarmerie puissent concentrer leurs efforts dans la lutte contre les drogues dures et d'autres thématiques de la délinquance. Et, quoi qu'il advienne, les usagers consommeront du cannabis de qualité qui ne leur détruira pas les neurones, *a contrario* de ce qu'on leur vend aujourd'hui. Puis, n'oublions pas que ce sont les drogues dures qui tuent.

---Il y a certaines choses que tu dois savoir, Kamel, toi qui es au tout début de ta carrière. Le trafic de produits stupéfiants tient une place prépondérante dans l'économie internationale. Ce qui veut aussi dire que bon nombre d'investissements dans le monde provient du blanchiment de l'argent des stups. Lors de la crise économique mondiale de 2008/09, d'après de courageux économistes, ce sont, en partie, les liquidités émanant des cartels de drogue qui ont sauvé les grandes enseignes bancaires internationales. Tu imagines bien qu'il sera difficile de lutter contre ce fléau, sans mettre en péril l'équilibre financier du globe, lequel sera suffisamment mis à mal par les millions de gens que la crise climatique, qui s'annonce, risque de tuer. C'est encore une dure réalité qu'on n'aborde pas avec suffisamment d'estomac.

Puis, ils passèrent à d'autres sujets beaucoup plus agréables, à commencer par le grand retour de Kamel à l'E.S.P.N. à Cannes-Écluses. Fin juin, il fit sa seconde rentrée, sur la place d'armes, couronnée d'un discours du directeur de l'école et saluée par une salve d'applaudissements des formateurs et élèves officiers, même si certains d'entre eux firent profil bas. Pourtant, la jeune lieutenante, Betty, les avait mis en garde. Bien entendu, les paroles du chef d'établissement restèrent évasives, quant à la véritable mission pour laquelle Kamel avait été sollicité.

Pour les retrouvailles avec les parents, Blanco demanda à Kamel de patienter quelques jours, pour organiser une surprise à la dimension de l'engagement dont il avait fait preuve. Cette promotion d'élèves officiers devant défiler le 14 juillet sur les Champs-Élysées, le commandant accompagna ses parents en V.I.P. Tout d'abord réfractaires, ils acceptèrent sa proposition. Ils vécurent, sans aucun doute, le plus beau jour de leur vie, lorsqu'ils virent défiler leur fils, dans cette magnifique tenue d'honneur, Blanco s'arrangeant pour que Kamel aperçoive ses parents. C'était la première fois qu'il voyait son père pleurer et serrer aussi fort sa mère dans ses bras. Le jeune lieutenant ne put retenir ses larmes. Il vécut un moment si intense, qu'il dut faire un gros effort de concentration pour garder le pas. Il jeta un regard empreint de reconnaissance envers son mentor.

Une surprise pouvant en cacher deux autres, pour la première, *Le Chérif* avait été convié à la cérémonie, accompagné de la jolie Djamila, qui, au premier regard, fut acceptée par sa future belle-mère. Pour la seconde, elle fit littéralement vaciller le père de Kamel. En effet, le ministre de l'Intérieur s'adressa à lui et son fils, en ces termes : « *la France est fière de compter votre fils parmi ses effectifs de police* ». Son père ne put s'empêcher de repenser à la difficile décision qu'il avait dû prendre, cinquante ans plus tôt, pour proposer un avenir meilleur à ses enfants. Débordant d'émotion, il ne put répondre que par un timide « *merci beaucoup, Monsieur le Ministre* ».

Après des retrouvailles extraordinaires, le commandant prit Kamel à l'écart. Ils échangèrent des mots très forts, mais pas aussi puissants que leur échange de regard. Blanco lui répéta : « *va toujours au bout de tes convictions, Kamel. Pour le reste, on arrive à vivre avec* ».

Finalement cette aventure incroyable, qui avait pris une tournure dramatique en milieu de mission, se termina en apothéose. Sans surprise, Kamel fut affecté à Direction de la Coopération Internationale, en poste au Maroc, en qualité d'officier de liaison en matière de lutte contre le trafic de stupéfiants. Autant dire qu'il n'était pas au bout de ses missions ultraconfidentielles, en étroite collaboration avec son nouveau correspondant privilégié, *Le Chérif*. Il convenait de veiller à ce que les accords franco-marocains soient respectés et, surtout, qu'aucun autre pays ne s'immisce dans ce renouveau de la culture de *La Beldia*. Inutile de préciser que les relations diplomatiques franco-néerlandaises furent interrompues quelque temps. Mais c'était la loi du marché et il n'y a jamais de guerre propre.

Blanco et Caméa reprirent leurs activités professionnelles respectives et entretinrent leurs petites soirées récréatives. Le premier nommé se promit de ne plus jamais mettre les pieds dans les enquêtes de stups ; la seconde poursuivit, avec brio, sa lutte pour une justice juste et sa mission au sein de la M.I.L.D.E.C.A. Tous deux furent témoins, l'année suivante, du mariage de Djamila et de Kamel. Le p'tit avait tellement grandi ! Il sera nommé au grade de commissaire de police, deux ans plus tard, avec comme revers de la médaille qu'il perdait définitivement toute liberté d'action…

Un choix qu'avait toujours refusé Blanco, à tort ou à raison…